岩波文庫
31-023-7

桜の実の熟する時

島崎藤村作

岩波書店

目　次

桜の実の熟する時

思わず彼は拾い上げた桜の実を嗅《か》いでみて、おとぎ話の情調を味わった。それを若い日の幸福のしるしというふうに想像してみた。

これは自分の著作の中で、年若き読者に勧めてみたいと思うものの一つだ。私は浅草新片町《あさくさしんかたまち》にあった家の方でこれを起稿し、パリ、ポオル・ロワイアル並み木町の客舎へも持って行って書き、仏国中部リモオジュの客舎でも書き、その後帰国してこの稿を完成した(1)。この書は私にとって長い旅の記念だ。

一

日陰になった坂に添うて、岸本捨吉《きしもとすてきち》(1)は品川《しながわ》の停車場手前から高輪《たかなわ》へ通う抜け道を上って行った。客を載せた一台の俥《くるま》が坂の下の方から同じように上って来るけはいがした。石ころに触れる車輪の音をさせて。

思わず捨吉は振り返って見て、

「お繁《しげ》さんじゃないか。」

と自分で自分に言った。

一目見たばかりですぐにそれがさとられた。過ぐる一年あまりの間、なるべく捨吉の方から遠ざかるようにし、会わないことを望んでいた人だ。その人が俥で近づいた。避けよう避けようとしていたある瞬間が思いがけなくもやって来たかのように。

ある終局を待ち受けるにも等しい胸のわくわくするここちで、捨吉は徐々と自分の方へ近づいて来る俥の音を聞いた。迫った丘はその辺で谷間《たにあい》のような地勢をなして、さらに勾配《こうばい》の急な傾斜の方へと続いて行っている。ちょうどほかにゆき来の人も見えなかった。彼は古い桑の木なぞの手入れもされずに立っている道の片側を択《よ》って歩いた。できることなら、そこに自分を隠したいと願った。進めば進むほど道幅は狭くなっている。俥はいやでもおうでも彼のわきを通る。彼は桑の木の方へ向いて、根元のあたりに生《お》い茂《しげ》った新しい草の緑をながめるともなくながめて、そこで俥の通り過ぐるのを待った。かつては親しかった人の見るに任せながら、あだかも路傍の人のようにして立っていた。

カタ、コトという音をさせて俥はゆるやかに彼の後ろを通り過ぎて行った。

まだ年の若い捨吉はかつて経験したこともないような位置に立たせられたことを感じた。ながめていた路傍の草の色は妙に彼の目にしみた。もはや彼は俥と自分との間にあるかなりな隔たりを見ることができた。深く陥没《おちこ》んだ地勢に添うて折れ曲がって行っている一筋の細い道が見える。片側のやぶの根キ(2)に寄りながら鬱蒼《うっそう》とした樹木の下を動いて行く俥が見える。繁子は白い肩掛けに身を包んで何事かを沈思するようにただうつ向いたままで乗って行った。

捨吉から見れば五つばかりも年上なこの若い婦人と彼との親しみはおよそ一年も続いたろうか。彼女の話しかける言葉や動作は何がなしに捨吉の心を誘った。ふるい日本の習慣にない青年男女の交際というものを教えたのも彼女だ。初めて女の手紙というものをくれたのも彼女だ。それらの温情、それらの親切は長いこと彼に続いて来た少年らしい頑固《かたくな》な無関心をなで柔らげた。夕方にでもなると彼の足はよくこの姉らしい人のもとへ向いた。多くの朋輩《ほうばい》の学生と同じように、彼も霜降りの制服のすこし緑がかったのを着て、胸のあたりに金ボタンを光らせながら、そよそよと吹いて来るここちのよい風の中を通って行った。星の光る空の下には、あるアメリカ人の女教師が住む建物がある。構内には繁子の監督している小さな寄宿舎がある。その寄宿舎の入り口で、玄関で、時にはまだ年のいかない女生徒なぞを伴いながら出て来る繁子とさまざまな話をして、わずかばかりのたそがれ時をいっしょに送るのを楽しみとした。繁子は編物の好きな女で、自分の好みに成った手袋を造ってくれると言って、彼の前で長い毛糸の針を動かして、話し話しそれを彼に編んで見せたこともある。

彼は再び繁子に近づくまいと心に誓っていた。たとい途中ですれ違う機会があってもなるべく顔を合わせないようにして、もし遠くからでも見つけようものならすぐに横町の方へ曲がってしまうようにしていた。この避けがたい、しかも偶然な邂逅《めぐりあい》は再び近づくまいと思う婦人に会ってしまった。

繁子を載せた俥はちょうど勾配の急な坂にかかって、右へ回り、左へ回り、崖《がけ》の間の細い道をわずかばかりずつ動いて上って行った。

丘の上へ捨吉が出たころはもはや繁子の俥は見えなかった。その道は一方御殿山《ごてんやま》へ続き、一方は奥平《おくだいら》の古い邸《やしき》について迂回《うかい》して高輪の通りへ続いている。その広い邸内を自由に通り抜けて行くこともできる。捨吉はあとの方の道を取った。

思いがけなくも繁子に会った時のここちは彼女が見えなくなったあとまで捨吉の胸を騒がせた。彼女を載せた俥が無言のままで後ろを通り過ぎて行ったことは、顔を見合わせるにもまさり、挨拶《あいさつ》するにもまさっていっそうヒヤリとさせるものを残した。彼女の身を包んでいた、たぶん自分で編んだ、あの初夏らしい白い肩掛けは深くあざやかに彼の目に残った。

葬り去りたい過去の記憶——できる事なら、眼前の新緑が去年の古い朽葉《くちば》を葬り隠すように——それらのさまざまな記憶がたまらなくかれの胸に浮かんだ。繁子のことにつれて、もう一人の婦人のこともつながって浮かんで来た。ちょうど、繁子と同じほどの年配で、同じようにある学校で教えていた人だ。玉子《たまこ》というのがその人の名だ。玉子は繁子に無いものを補うような、どこかあどけないところをもつ人だった。彼はこの若い年長《としうえ》の婦人から自分の才能をほめられたことを思い出した。「どうか、これからお手紙をよこしてくださいな。」と言われたことを思い出した。ほかに二人の婦人の連れもあって、玉子とともに品川の海へ船を浮かべた時のことを思い出した。その帰途《かえり》に玉子といっしょに二人乗りの俥に載せられたことを思い出した。その俥の上でこの御殿山の通路を夢のように揺られて行ったことを思い出した。玉子はまもなく学校をやめて神戸の方へ帰って行ったから、この婦人との親しみは半年とは続かなかったが、神戸から一、二度手紙をもらったことを思い出した。その手紙の中には高輪時代の楽しかったことを追想し、いっしょに品川の海へ出て遊んだ時のことを追想して、女の人から初めて聞く甘いささやきのような言葉の書いてあったことを思い出した。

いつのまにか捨吉は奥平の邸《やしき》の内へ来ていた。その辺は勝手を知った彼がよく歩き回りに来るところだ。道は平坦《へいたん》になって樹木の間をどこということなく歩かれる。黒ずんだ荒い幹肌《みきはだ》の梅の木が行く先に立ちはだかっている。うんと手に力を入れたような枝の上の方には細い枝が重なり合って、茂った葉陰は暗いほど憂鬱《ゆううつ》だ。たくさん開くくちびるのような梅の花ははや青梅の実に変わるころだ。捨吉はこういう場所をさまようのが好きになった。彼は木の葉の青い香を嗅《にお》いで歩いた。

浅い谷を隔てて向こうの丘の上に浅見《あさみ》先生(3)の新築した家が見えた。神田《かんだ》の私立学校(4)で英語を授けてくれた浅見先生がこの郊外へ移り住んでいるということは捨吉にとっては奇遇の感があった。新築した家のできない前は先生は二本榎《にほんえのき》の方で、近くにある教会の牧師と、繁子たちの職員として通っている学校(5)の教頭とを兼ねていた。捨吉はしばらく二本榎の家の方に置いてもらった。そこから今の学窓(6)へ通っていた。捨吉が初めて繁子を知ったのはその先生の家だ。玉子を彼に紹介したのも先生の奥さん(7)だ。

「いつまでも置いてあげたいとは思うんですけれど、家内はあのとおりからだも弱し、お世話が届きかねると思いますからね――」

それが先生の家《うち》を辞する時に、先生に言われた言葉だった。

「私のすることはちっともあなたのためにならないッて、そう言ってしかられましたよ――私が足りないからです。」

それが奥さんの言葉だった。

捨吉から見れば浅見先生は父、奥さんは姉、それほど先生夫婦の年は違っていた。奥さんは繁子や玉子の友だちと言いたいほどの若さで、その美貌《びぼう》はひどく先生の気に入っていた。ひところは先生もずいぶん奥さんを派手にさして、どうかすると奥さんの頬《ほお》には薄あかい人工の美しさが彩《いろど》られていることもあった。アメリカ帰りの先生は洋服、奥さんも薄い色のスカアトを引いて、いっしょに日暮れ方の町を散歩するところを捨吉も見かけたことがある。新築した家の方へ落ち着いてから、先生の暮らし方はだいぶじみなものとなって来た。彼は浅い谷の手前から繁茂した樹木の間を通して、向こうにガラス戸のはまっている先生の清潔な書斎を、客間を、廊下を、隠れて見えない奥さんの部屋までそれを記憶でありありと見ることができた。

「浅見先生の家へも、もうしばらく行かないナ。」

と捨吉は言ってみた。

この親しい家族の方へも彼の足は遠くなった。彼は先生の家のまわりを歩くというだけで満足して、やがて金目垣《かなめがき》に囲われた平屋造りの建物の側面と勝手口の障子とをながめて通った。


学窓をさして捨吉は高輪の通りを帰って行った。繁子が監督している小さな寄宿舎のあるあたり、アメリカの婦人の住む西洋ふうの建物を町の角《かど》に見て、広い平坦《たいら》な道を歩いて行くと、幾匹かの牛を引いて通る男などに会う。また新しい制服を着て、学校の徽《き》章《しょう》のついた夏帽子をかぶった下級の学生が連れ立って帰って行くのにも会う。

学校へはいった当座、一年か二年半ばかりの間、捨吉は実に浮き浮きと楽しい月日を送った。血気さかんな人たちの中へ来て見ると、だれもそう注意深く彼の行動を監督するものはなかった。まるで籠《かご》から飛び出した小鳥のように好き勝手にふるまうことができた。高い枝からでもながめたようにこの広々とした世界をながめた時は、何事も自分のしたいと思うことでしてできないことはないように見えた。学窓には、東京ばかりでなく地方からの良家の子弟もおおぜい集まって来ていて、互いに学生らしい流行を競い合った。柔らかい黒ラシャの外套《がいとう》の色つや、聞きほれるようなしなやかな編み上げの靴の音なぞはいかに彼の好奇心をそそったろう。いつのまにか彼も良家の子弟の風俗を学んだ。彼は自分の好みによって造った軽い帽子をかぶり、半ズボンをはき、長い毛糸の靴下を見せ、輝いた顔つきの青年らと連れだっておおぜい娘たちの集まる文学会(8)に招かれて行き、プログラムをあける音がそこにもここにも耳に快く聞こえるところに腰掛けて、若い女学生たちのくちびるから英語の暗誦《あんしょう》や唱歌を聞いた時には、ほとんど何もかも忘れていた。楽しい幸福は至るところに彼を待っているような気がした。彼は若い男や女の交際する場所、集会、教会の長老の家庭なぞに出はいりし、自分の心をしあわせにするようなかれんな相手を探し求めた。物事は実に無造作に、自由に、すべて意のままに造られてあるように見えた。一足飛びに天へ飛び揚がろうと思えば、それもできそうに見えた。あの爵位の高い、美しい未亡人に知られて、一躍政治の舞台に上った貧しいジスレイリ(9)の生涯なぞは捨吉の空想を刺激した。彼は自分でもゆくゆくは『エンジミオン』を書こうとさえ思った。

はかない夢はある同窓の学友の助言から破れて行った。彼は自分と繁子との間に立てられている浮き名というものを初めて知った。あられもない浮き名。なぜというに、その時分の彼の考えでは少なくもキリスト教の信徒らしくふるまったと信じていたからである。繁子と彼との交際は若いキリスト教徒の間に行なわるる青年男女の交際に過ぎないと信じていたからである。けれども彼は目がさめた。かつて彼をしあわせにしたことはドン底の方へ彼を突き落とした。一時彼が得意にして身に着けた服装なぞは自分で考えてもたまらないほどいやみなものになって来た。良家の子弟を模倣していた自分は孔《く》雀《じゃく》のまねをするからすだと思われて来た。彼が言ったこと、したこと、考えたことは、すべて皆後悔の種と変わった。

学窓に近づけば近づくほど捨吉はいろいろな知った顔に会った。みんながなじみのパン屋から出て来る下級の生徒なぞがある。ひところ教会の方で捨吉といっしょに青年会なぞを起こして騒いだ連中がなんとなく青年の紳士らしい靴音をポクポクとさせてやって来るのにも行き会った。以前のようには捨吉の方で親しい言葉をかけないので、先方《さき》も勝手の違ったようにちょっと挨拶だけして、離れ離れに同じ道を取って行った。

界隈《かいわい》の寺院では勤行《おつとめ》の鐘が鳴り始めた。それを聞くと夕飯の時刻が近づいたことを思わせる。捨吉は学校の広い敷地について、アメリカふうな講堂の建物の裏手のところへ出た。樹木の多い小高い崖《がけ》に臨んで百日紅《さるすべり》の枝なぞがたれさがっている。その暗い葉陰に立ってひとりで手まねをしながらしきりに英語演説の暗誦を試みている青年がある。捨吉よりはずっと年長《としうえ》の同級生であった。

捨吉の姿を見ると、その同級生は百日紅のそばを離れてほほえみながら近づいた。そして、むんずと彼の腕を取った。

「岸本君――きょうは土曜日でも家へ帰らないんですか。」

とその同級生が尋ねた。

「だって君、どうせもう暑中休暇になるんだもの。」と捨吉は答えた。

「そうだね。もうじき暑中休暇が来るね。」

遠い地方から来ているこの同級生は郷里の方のことでも思い出したように言った。賄《まかない》の食わせる晩飯を味わおうとして、二人は連れ立って食堂の方へ行った。黙《もだ》しがちな捨吉はおおぜいの青年の間に腰掛けて、あの繁子にはからずでっくわしたことを思い出しつつ食った。

捨吉が食堂を出たころは、夕方の空気が丘の上を包んでいた。すべての情人を誘い出すようなこういう楽しい時が来ると、以前彼はじっとしていられなかった。ごくごく漠然とした目移りのするようなここちでもって、町へ行って娘たちに会うのを楽しみにしたり、見知り越しなお嬢さんの家の門なぞにたたずんだり、時には繁子のいる寄宿舎の方へ、あるいは彼女が教えに通う学校の窓の見える方まで行ったりして、わけもなしにさまよい歩かずにはいられなかった。その夕方さえ消えた。

捨吉は寄宿舎の方へ帰った。同室の学生は散歩にでも出かけたかして、部屋には見えない。窓のところへ行ってみると、食事を済ました人々が思い思いの方角をさして広い運動場を過ぎつつある。英語の讃美歌《さんびか》の節を歌いながら庭を急ぐものがある。張り裂けるような大きな声を出して暗い樹陰《こかげ》の方で叫ぶものがある。向こうの講堂の前から敷地つづきの庭へかけて三棟《むね》並んだ西洋館はいずれも捨吉が教えを受けるアメリカ人の教授たちの住まいだ。白いスカアトを涼しい風に吹かせながら庭を歩いている先生がたの奥さんも見える。

夕方の配達を済ました牛乳のあき鑵《かん》をさげながら庭を帰って行く同級生もあった。はやり歌の一つも歌って聞かせるような隠し芸のあるものはこの苦学生よりほかになかった。学校に文学会のあった時、捨吉はいっしょに余興に飛び出し、夢中になって芝居をして騒いだことがある。夢からさめたような道化役者は牛乳の鑵をさげて通る座頭《ざがしら》の姿を見るにも堪えなかった。

だれが歌って通るのか、聞き慣れた英語の唱歌はすぐ窓の下で起こった。捨吉はその歌を聞くと、同じように調子を合わせて口ずさんでみて、やがて自分の机の方へ行った。

白い肩掛けはまだ目にあった。彼はそれから引き出されて来るたとえようのないこちを紛らそうとして、部屋のすみに置いてあるランプを持って来た。そして机の上を明るくしてみた。彼はまたその燈火《あかり》のついたランプをかかげながら自分の愛読する書籍《ほん》を取り出しに行った。

静かな日曜の朝が来た。寄宿舎に集まった普通学部の青年で教会に籍を置くものは、それぞれしたくして、各自の付属する会堂(10)へと急いで行く。食堂につづいた一棟《むね》の建物の中に別に寄宿する神学生なども思い思いの方角をさして出かけて行く。人々は一日の安息を得、霊魂《たましい》の糧《かて》を得ようとして、その日曜を楽しく送ろうとした。

浅見先生が牧師として働いている会堂は学校の近くにあった。そこに捨吉も教会員としての籍が置いてあった。その朝、彼はいくらか早めに時間を計って寄宿舎を出た。そんなふうにして会堂で繁子に会うことを避け避けしていた。若い娘たちを引き連れて彼女が町を通っている時刻はおおよそ知れていた。谷をおりてまた坂になった町を上ると、向こうの突き当たりのところに会堂の建物が見える。十字架の飾られたとがった屋根にポッと日の映じたのが見える。

町の片すみには特別の世界を形造る二、三の人が集まって立ち話をしていた。いずれも会堂の方で見知った顔だ。思わず捨吉は立ち留まって、それらの人の話に耳をとめた。長いひげをはやした毛深い容貌《ようぼう》の男がいろいろな手まねをしたあとで、こう言った。

「たしかに奇蹟《きせき》が行なわれました。」

その前に立った男は首をたれて聞いていた。

「医者が第一そう言うんですからね。」ともう一人の老人が話を引き取って言った。老人は目を輝やかしていた。

「とてもあの娘はわれわれの力には及びませんでしたッて。医者がもう見放してしまった病人ですぜ。それがあなた、家族の人たちの非常な熱心な祈禱《きとう》の力で助かったんですからね。」

「たしかに奇蹟が行なわれたのですよ。主《しゅ》が特別の恩恵《めぐみ》をたれたもうたのですよ。」

長いひげの男は手にしていた古い革表紙の手ずれた聖書を振って言った。

その時、捨吉はこの人たちの話で、洗礼を受けようとする一人の未信者の娘のあることを知った。その受洗《じゅせん》の儀式が会堂の方にあることをも知った。

会堂の石垣に近く、水菓子屋の前の方から話し話しやって来る二、三の婦人の連れがあった。その中に捨吉は浅見先生の奥さんを見かけた。なつかしそうにして彼は奥さんの方へ走り寄った。

「ちっともお見えになりませんね。岸本さんはどうなすったろうッて、おうわさしてますよ。」

相変わらず無邪気な、人のよさそうな調子で、奥さんは捨吉に言った。

会堂の内には次第に人々が集まりつつあった。左右の入り口から別れてはいって来る男女の信者たちはそこに置き並べてある長い腰掛けを選んで思い思いに着席した。捨吉と同じ学校の生徒でここへ来て教えを聞こうとするものはかなりある。晴れやかな顔つきで連れ立って来て、ずっと前の方に着席するものもある。説教壇の前のところに一人特別に腰掛けたはその日受洗する娘と知れた。

執事が赤い小形の讃美歌集をあちこちと配って歩いた。ここへ来て霊魂をあずけるかのごとき人たちはいちばん前の方に首をたれている娘の後ろ姿を、その悔い改めと受洗まぎわの感動とで震えているような髪を、霊によって救われたという肉を、あだかも一つの黙示に接するかのようにしてながめていた。そして、その日行なわれる儀式によって日ごろにまさる感激を待ち受けるかのように見えた。そういう中で、捨吉はある靴屋と並んで、皆の後ろの方に黙然《もくねん》と腰掛けた。

浅見先生の姿が説教壇の上にあらわれた。式が始まるにつけて婦人席の中からオルガンの前の方へ歩いて行ったのは繁子だ。捨吉はおおぜい腰掛けている人たちの間を通して、彼女を見た。彼女が腰掛けを引き寄せる音や鍵台《かぎだい》のふたをあける音や讃美歌の楽譜を繰る音はよく聞こえた。捨吉はそのオルガンの前に、以前の自分を見つけるような気がした——忘れな草の花を描いて、それに学び覚えた英詩の一節《ひとふし》なぞを書き添えて彼女に贈った自分を。

捨吉と並んだ靴屋はこの教会の草分けの信徒で、手に持った讃美歌集を彼の方へ見せて、いっしょに歌えという意味を通わせた。捨吉は器械のように立ったり、腰掛けたりした。

ちょうど洗礼を受けようとする娘が長老に助けられて、浅見先生の前で信徒として守るべき箇条を読み聞かせられている。先生が読み聞かせるたびに、娘はうなずいて見せる。それをながめると、学校のほかの青年と四人ほど並んでいっしょに洗礼を受けた時のことが夢のように捨吉の胸に浮かんだ。やはり先生の司会で、繁子の音楽で、信徒一同の歌で、この同じ会堂で。あの時分のことを思うと青年会だ親睦会《しんぼくかい》だ降誕祭だと言って半分夢中で騒いだ捨吉の心はどこへか行ってしまった。会堂ふうに造られた正面のアーチも、天井も、窓も同じようにある。十字架形の飾りを施した説教台も、その上に載せた大きな金縁の聖書も同じようにある。しかし捨吉の目に映るものは、すべて空虚《うつろ》のようになってしまった。かつて彼の精神を高め、はなやかにしたと思われることは幻のように消えた。凱歌《がいか》を奏するような信徒一同の讃美がまた始まった。

「ハレルヤ、ハレルヤ――」

病から回復すると同時に受洗の志を起こしたというかれんな小羊を加えたことは、一同の合唱にいっそう気勢を添えるように聞こえた。

「ハレルヤ、ハレルヤ
　ハレルヤ――アーメン。」

浅見先生の説教、祈禱なぞがあって、やがて男女の会衆が散じかけるころには、捨吉はいち早く靴屋のそばを離れ、みんなの中を通り抜けて、会堂の出入り口にある石の階段をおりた。

安息のない、悩ましい、沈んだここちで、捨吉は寄宿舎の部屋の方へ引き返した。おのおのの部屋は自修室と寝室との二間に分かれている。寝室の壁によせて畳の敷いた寝台が作りつけてある。そこへ彼は身を投げるようにして、寝台へ顔をおしあてて祈った。

第三学年も終わりに近いころであった。翌朝教室の方へ集まってみると、その学年の終わりにある英語の競争演説のうわさがしきりとされている。下級の学生の羨望《せんぼう》の中で、教授たちの家庭へ一同招待された夜の楽しさなぞが繰り返される。捨吉が同級の中にはずいぶん年齢の違った生徒がまじっていた。「おとっさん」と言われるような老成な人まで学びに来ていた。

エリス教授が教室の戸をあけてはいって来た。教授の受持はおもにエロキュウション(11)なぞであった。

「Now, Gentlemen——」

とエリス教授は至極鄭重《しごくていちょう》な慇懃《いんぎん》な調子で、いっさいアメリカ式に生徒を紳士扱いにするのが癖だ。

「Mr. Kishimoto.」

と教授は人のよさそうなあごを捨吉の方へ向けて、何か彼からも満足な答えを得ようとした。

「前にはよく答えたではないか、どうしてそう黙り込んでしまったのだ。」と先生の目が尋ねるように見えた。一度捨吉は目に見えない梯子《はしご》から落ちて、毎朝の礼拝にも、文学会にも、他の同窓の人たちが我れ勝ちに名誉の賞金を得ようとして意気込んでいるはなやかな競争演説にまで、ほとほと興味を失ってしまった。彼は同級の中でも最も年少なものの一人ではあったが、入学して二年ばかりの間は級《クラス》の首席を占めていた。一時彼は多くの教授の愛を身に集めた。ことにアメリカから新規に赴任して来たばかりの少壮な教授なぞは、まともに彼の方を見て講義を続けたり、時間中に何度となく彼の名を呼んで質問に答えさせたりした。この目上の人の愛は、すべての人からよく思われ、すべての人から愛されたいと思った彼の心を満足させたのである。それらの日課を励む心すらどこへか失われてしまった。彼はエリス教授を満足させるほどのはかばかしい答えもしなかった。

多くの日課はこのとおりだった。彼はただ自分の好める学科にのみ心を傾け、同級の中でもわずかの人にしか口をきかないほど黙しがちにのみ時を送った。

目に見えない混雑は捨吉の行く先にあった。午後に彼は以前の卒業生の植えた記念樹のあたりへ出た。ふとその木のそばを通る青年がある。上州《じょうしゅう》の方から来ている良家の子息《むすこ》で、級は下だが、捨吉といっしょに教会で洗礼を受けた仲間だ。一時はよくいっしょに遊んだ生徒だ。そろいの半ズボンで写真まで取ったこともある。

その生徒は捨吉の顔をのぞき込むようにして、

「白《しら》ばっくれるない。」

という声を浴びせかけて通った。

その足で、捨吉は講堂の前からなだらかな丘に添うて学校の表門の方へ出、門番の家のそばを曲がり、桜の木のかげから学校の敷地について裏手の谷間の方へ坂道をおりて行った。一面のやぶで、樹木の間から朽ちかかった家の屋根なぞが見える。勝手を知った捨吉はさらに深い竹やぶについて分かれた細道をおりて行った。竹やぶの尽きたところで坂も尽きている。彼はよくその辺を歩き回り、林の間にさえずる小鳥を聞き、奥底の知れない方へ流れ落ちて行く谷川のかすかなささやきに耳を澄ましたりして、時には御殿山の裏手の方へ、ずっと遠く目黒《めぐろ》の方までひとりで歩きに出かけたことがある。あたりには人も見えなかった。だれの遠慮もないこの谷間で彼はたまらなく圧迫《おしつ》けられるようなせつない心を紛らそうとした。沈黙し鬱屈《うっくつ》した胸の苦痛をそこへ漏らしに来た。張り裂けるような大きな声を出して叫ぶと、それがさびしい谷間の空気へ響き渡って行った。

一羽の鳥が薄明るく日光のさし入った方から舞い出した。彼はそこに小高く持ち上がった丘のすそのような地勢を見つけた。その小山へも駆け登って、青草を踏み散らしながらまたそこで力一ぱい大きな声を出してどなった。

二

暑中休暇が来てみると、あちらへ飛びこちらへ飛びしていた小鳥が木の枝へ戻って来たように、学窓で暮らした月日のことが捨吉の胸に集まって来た。この一夏をいかに送ろうかと思うここちにまじって。彼はこれから帰って行こうとする家の方で、自分のために心配し、自分を待ち受けていてくれる恩人の家族――田辺《たなべ》の主人(1)、細君、それから、おばあさんのことなぞを考えた。田辺の家に近く下宿住まいする兄の民助《たみすけ》(2)のことをも考えた。それらの目上の人たちからまだ子供のように思われている間に、彼の内部《なか》にきざした若い生命の芽は早筍《はやたけのこ》のように頭を持ち上げて来た。自分を責めて、責めて、責め抜いた惨酷《むご》たらしさ――沈黙を守ろうと思い立つようになった心のもだえ――気違いじみたまね――同窓の学友にすら話しもせずにあるその日までの心の戦いを自分の目上の人たちがどうして知ろう、繁子や玉子のようなキリスト教主義の学校を出た婦人があって青年男女の交際を結んだ時があったなぞとはどうして知ろうと思ってみた。まだ世間見ずの捨吉にはすべてが心に驚かれることばかりであった。今々この世の中へ生まれて来たかのような心持ちでもって、現に自分のしていることを考えてみると、いつのまにか彼は目上の人たちの知らない道を自分勝手に歩き出しているということに気が着いた。彼はそのここちから言いあらわしがたい恐怖《おそれ》を感じた。

七月らしい夏の雨が寄宿舎の窓へ来た。荷物を片付けて寄宿舎を離れようとしていた青年らはいずれもにわかに夕立の通り過ぎるのを待った。

明治もまだ若い二十年代であった。東京の市内には電車というものもないころであった。学校から田辺の家まではおよそ二里ばかりあるが、それくらいの道を歩いて通うことは一書生の身にとってなんでもなかった。よく捨吉は丘つづきの地勢に添うて古い寺や墓地のたくさんにある三光町《さんこうちょう》寄りの谷間を迂回《うかい》することもあり、あるいは高輪の通りをまっすぐに聖坂《ひじりざか》へと取って、それから遠く下町の方にある家をさして降りて行く。その日は伊《い》皿子《さらご》坂《ざか》の下で乗合馬車を待つつもりで、昼飯《ひるめし》を済ますとすぐ寄宿舎を出かけた。夕立ちあげくの道は午後の日にかわいていっそう熱かった。けれどももはや暑中休暇だと思うと、何となく楽しい道を帰って行くような心持ちになった。何かこう遠い先の方で自分らを待ち受けていてくれるものがある。こういう翹望《ぎょうぼう》はあだかもそれが現在の歓喜《よろこび》であるかのごとくにも感ぜられた。彼は自分自身のにわかな成長を、急に高くなった身長《せい》を、急に発達した手足を、自分の身に強く感ずるばかりでなく、恩人の家の方で、もしくはその周囲《まわり》で、自分と同じようにそろって大きくなって行く若い人たちのあることを感じた。わけても、まだ小娘のように思われていた人たちがにわかに姉さんらしくなって来たには驚かされる。そういう人たちの中には大伝馬町《おおでんまちょう》の大勝《だいかつ》(3)の娘、それから竈河岸《へっついがし》の樽屋《たるや》の娘なぞを数えることができる。大勝とは捨吉が恩人の田辺や民助の兄(4)にとっての主人筋に当たり、樽屋の人たちはよく田辺の家とゆき来をしている。あの樽屋のおかみさんが自慢の娘のまだ初々しい鬘下地《かつらしたじ》なぞに結って踊りの師匠のもとへ通っていたころの髪がいつの間にか島田に結い変えられたその姉さんらしい額つきを捨吉は想像で見ることができた。彼はまた、あの大伝馬町辺の奥深い商家で生長《しとな》った大勝の主人の秘蔵娘の白いきゃしゃな娘らしい手を想像で見ることができた。

新橋《しんばし》で乗り換えた乗合馬車は日本橋小伝馬町《こでんまちょう》まで捨吉を乗せて行った。日に光る甍《いらか》、黒い蔵造りの家々、古い新しい紺のれんは行く先に見られる。その辺は大勝の店のあるあたりに近い。田辺のおばあさんがよくうわさして捨吉に話し聞かせる石町《こくちょう》の御隠居、一代の豪奢をきわめ尽くしたというあの年とった婦人が住む古い大きな商家のあるあたりにも近い。いったい、田辺の主人はまだ捨吉が少年であったころ、石町の御隠居の家の整理を依頼された縁故から、同じ一族の大勝の主人に知られ、それから次第に取り付き、商法も手広くやり、芝居の方へも金を回し、「田辺さん」と言えばだいぶその道の人に顔を知られるようになったのである。この恩人が骨の折れた苦しい時代から少年の身を寄せ、親戚《しんせき》ではないまでも主人のことをおじさんと呼び、細君のことをねえさんと呼び（細君をおばさんと言うにはあまりに若く、それほど主人と年が違っていたから、）そんなふうにほとんど家族のものも同様にして捨吉は育って来た。田辺の家の昔に比べると、今はすべての事が皆の思い通りに進みつつある。それが捨吉にも想像される。人《にん》形町《ぎょうちょう》のにぎやかな通りを歩いて行って、やがて彼は久松橋《ひさまつばし》のたもとへ出た。町中を流れる黒ずんだ水が見える。あき樽をかついで陸《おか》から荷舟《にたり》へ通う人が見える。竈河岸に添うてはすに樽屋の店も見える。何もかも捨吉にとっては親しみの深いものばかりだ。明治座はしまっているころで、軒を並べた芝居茶屋まで夏季らしくひっそりとしていた。

そこまで行くと田辺の家は近かった。表の竹がこいの垣が結い換えられ、下町ふうの入り口の門まですっかり新しくなったのがまず捨吉の心を引いた。

年はとっても意気のさかんなおばあさんを始め、主人、細君は風通しのいい奥座敷にいっしょに集まっていて、例のように捨吉を迎えてくれた。おばあさんが灰色の髪を後ろへ切り下げるようにして、なんとなく隠居らしくなったのも捨吉にはめずらしかった。それればかりではない、久しい年月の間、病気と戦って臥《ね》たり起きたりしていた細君の床《とこ》がすっかり畳んで片付けてあった。田辺のねえさんと言えば年じゅう壁に寄せて敷いてあった床を、枕を、そこに身を横にしながら夫を助けて采配を振って来た人をすぐ連想させる。その細君が床を離れているというだけでも、家の内の光景《ありさま》を変えて見せた。細君はまだ自分で自分のからだをいたわるかのように、瀟洒《しょうしゃ》な模様のついた芝居茶屋の団扇《うちわ》などを手にしながら、

「ねえさんも命拾いをしたよ。」

と自分のことを捨吉に言って見せて、ほほえんだ。

「なにしろ、お前さん、彼女《あれ》の病気と来たら八年このかただからねえ。」とおばあさんが言った。「おじさんも骨が折れましたよ……よくそれでもこんなによくなったと、あたしはそう思うよ……木挽町《こびきちょう》の先生なぞも驚いていらっしゃる……彼女《あれ》の床を揚げてみたら、それだけ畳の色がそっくり変わっているぐらいだったよ……」

自分の孫が夏休みで学校の方から帰って来たかのように、おばあさんは捨吉に話し聞かせて、長い羅宇《らう》の煙管《きせる》で一服やった。このおばあさんが細君のことを話す調子には実

の娘を思う親しさがこもっていた。主人はよその姓から田辺を継いだ人であった。

「全く骨が折れましたよ。米《よね》が病気でさえなかったら今時分私は銀行の一つぐらいらくに建ててます。」

と主人は心安い調子で言って笑った。書生を愛する心の深いこの主人は捨吉の方をも見て、学校の様子などを尋ねたりして、快活に笑った。ずっと以前には長い立派なひげをいかめしそうにはやしたおじさんであった人がそれを剃《そ》り落《お》とし、涼しそうな浴衣《ゆかた》に大あぐらで琥珀《こはく》のパイプをくわえながら巻煙草《まきたばこ》をふかしふかし話す様子は、すっかり下町ふうの人になりきっていた。主人の元気づいていることはその高い笑い声で知れた。全く、田辺のねえさんが長い病床から身を起こしたということは捨吉にも一つの不思議のように思えた。

「まあ捨吉もせいぜい勉強しろよ。ねえさんもよくなったし、おじさんもこれからやれる。今におじさんが貴様を洋行さしてやる。」

「そうともサ。洋行でもして馬車に乗るくらいのエラいものにならなけりゃ捨吉さんもだめだ。」

「貴様の知ってるとおり、吾家《うち》じゃこれまでどのくらい書生を置いてみたかわからないが、いつでもこっちの親切が仇《あだ》になる――貴様くらい長く世話したものもない――それだけの徳が貴様には備わっているというものだ。」

こういう主人とおばあさんとの話を細君はそばで静かに聞いていたが、やがて捨吉の方を見て言うだけのことを言って聞かせておこうというふうに、

「一時はもうお前さんをお断わりしようかと思うぐらいだったよ……」

その言葉の調子は優しくも急所に打ち込む細い針のような鋭さがあった。捨吉はあかくなったりあおくなったりした。

「にいさん。」

と広い勝手の上がり口から捨吉を見つけて呼んではいって来たのは、田辺の家の一人子息《ひとりむすこ》だ。弘《ひろし》と言って、捨吉とはあだかも兄弟のようにして育てられて来た少年だ。(5)

「このまあ暑いのに帽子もかぶらないで、どこへ遊びに行ってるんだねえ。」

と細君は母親らしい調子で言った。この弱かった細君にどうしてこのような男の子が授かったろうと言われているのが弘だ。ひところは弘もよくひきつけたりなどしたが、おばあさん始め皆の丹精でずんずん成長《しとな》って、めっきり強壮《じょうぶ》そうになった。おまけに、末たのもしい賢さを見せている。

おばあさんは茶戸棚《ちゃとだな》のところに行って、小まんじゅうなどを取り出し、孫と捨吉とに分けてくれた。

「弘、写真を持って来てにいさんにお目におかけな。」

と細君は弘をそばに呼んで、解けかかった水浅黄色《みずあさぎいろ》の帯を締め直してやった。弘が持って来て捨吉に見せた写真は、父といっしょに取ったのと、一人のとある。界隈《かいわい》の子供と同じように弘もいくらか袖《そで》の長い着物で写真に映っていたが、その都会の風俗がいかにもよく似合ってかわいらしく見えた。

「実によく撮《と》れましたネ。」

と捨吉に言われて、おばあさんから細君へ、細君から主人へと、三人はもう一度その写真を順に回して見た。主人は目を細めて、かわいくてならないかのようにその写真に見入っていた。

「弘さん、いらっしゃい。」

と捨吉が呼んだ。やがて彼は弘を自分の背中に乗せ、部屋部屋を見に行った。夏らしく唐紙《からかみ》なぞも取りはずしてあって、台所から玄関、茶の間の方まで見通される。茶の間は応接室がわりになっていて、仕切り場だとか大札《おおふだ》だとか芝居茶屋のおかみだとかそういう座付《ざつき》の連中ばかりでなくそのほかの客が入れ替わり立ち替わりたずねて来るたびに、よく捨吉が茶を運ぶところだ。彼は弘を背中に乗せたまま、茶の間から庭へおりてみた。青桐《あおぎり》が濃い葉陰を落としているあたりに添うて一回りすると、庭から奥座敷が見える。土蔵の上がり口まで見通される。

細君は捨吉の背にある弘の方を見て、

「おやおかしい。大きなナリをして。」

と奥座敷にいて言った。

奥座敷では、午後の慰みに花骨牌《はな》が始まった。おばあさんと主人が細君の相手になって、病後を慰め顔にいっしょに小さな札を並べていた。

「弘の幼少《ちいさ》い時分にはよくああしてにいさんにおぶさって歩いた。一度なんか深川の方までも――」

とおばあさんが札を取り上げながら、庭の方をながめて、「でも、二人とも大きくなったものだ。」

「さあ、今度はだれの番です。」と主人が笑いながら言い出した。

「あたいだ。」とおばあさんは手に持った札とそこに置き並べてあるのを見比べた。

「弘はかあさんのそばへおいで。」

と細君が呼んだので、捨吉は背中に乗せていた弘を縁側のところへ行っておろした。

弘はまだ子供らしい目つきをして母親のそばにすわった。そしていろいろな模様のついた花骨牌《はな》を見比べていた。

「桐《きり》と出ろ。」と主人は積み重ねてある札をめくって打ちおろした。「おやおや、雨坊主だ。」

細君の番に回って行った。「どうもお気の毒さま。菅原ができました。」と細君はそろいの札を並べて見せた。それを見た主人は額に手をあてて笑った。

まもなく捨吉は庭下駄《にわげた》を脱ぎ捨てて勝手口に近い井戸へ水くみに行った。まだ水道というものはないころだった。素足に尻《しり》はしょりで手桶《ておけ》をさげて表門の内にある木戸から茶の間の横を通り、平らな庭石のあるところへ出た。庭の垣根には長春が燃えるようにあかい色の花をたれている。捨吉が水を打つたびに、奥座敷にいる人たちは皆庭の方へ目を移した。葉蘭《はらん》なぞはバラバラ音がした。ぬれた庭の土や石は飢え渇いた水を吸うように見る間にかわいた。

捨吉は茶の間の方へも手桶を向けて、低い築山《つきやま》ふうにできた庭の中にある楓《かえで》の枝へも水を送った。幹を伝う打ち水は根元の土の上を流れて、細い流れにかたどってある小石の中へしみて行った。茶の間の前をおおう深く明るい楓の葉陰は捨吉の好きな場所だ。その幹の一つ一つは彼にとっては親しみの深いものだ。楓の奥には一本《ひともと》の楠《くす》の若木も隠れている。素足のまま捨吉は静かな緑葉からポタポタ涼しそうに落ちる打ち水のしずくをながめた。

また捨吉は庭土を踏んで井戸の方から水のはいった手桶をさげて来た。茶の間の小障子のそばには乙女椿《おとめつばき》などもある。そのかわいた葉にも水をくれ、表門の内にある竹の根にもそそぎかけた。彼はまた門の外へも水を運んで行った。熱い、楽しい汗が彼の額を流れて来た。最後に、客の出入りする格子《こうし》をあけて庭のタタキをも洗った。そこには白いなめらかな方形の寒水石《かんすいせき》がある。その冷たい石の上へ足を預けて上がりがまちのところに腰掛けながら休んだ。玄関の片すみの方をながめると、壁によせて本箱や机などが彼を待ち受け顔に見えた。

花骨牌《はな》にも倦《う》んだころ、細君は奥座敷の縁側の方から玄関の通い口へ来てたたずんだ。まだ捨吉は上がりがまちへ腰掛けたなり素足のままでいて、自分の本箱から取り出した愛読の書籍《ほん》をひざの上に載せ、しきりにそれを読みふけっていた。見ると細君が来て後ろに立っていたので、捨吉はきまり悪げに書籍を閉じ、すこし顔をあかめた。

病後の細君が腰を延ばし気味に玄関から茶の間と静かに家の内を歩いているその後ろ

姿を捨吉はめずらしいことのように思いながめた。やがて格子戸の外に置いた手桶をさげて井戸の方へ行こうとした。ふと、樽屋のおかみさんが娘を連れながら、表門の戸をあけてはいって来るのに会った。

「捨さん、いつお帰んなすったの。学校はもうお休みなんですか。」

と河岸《かし》のおかみさんは言葉をかけた。女ながらに芝居道の方ではかなり幅をきかせている人だ。娘も捨吉に会釈して、母親の後ろから、勝手口の方へ通った。一度捨吉は田辺の細君の口から、「捨さんは養子にはもらえないかたなんですか。」と樽屋のおかみさんが尋ねたという話を聞いてから、妙にこの人たちに会うのが気になった。

捨吉は井戸ばたで足をふいてから、手桶の水をさげ、台所から奥座敷と土蔵の間を廂間《ひあわい》の方へ通り抜けた。田辺の屋敷に付いた裏のあき地が木戸の外にある。そこがちょっと花畑のようになっている。中央には以前に住んだ人が野菜でも造ったらしいわずかの畑の跡があって、その一部に捨吉は高輪の方から持って来たいちごを植えておいた。同窓の学友で労働会というものへはいって百姓しながら勉強している青年がそのいちごの種を分けてくれた。それを捨吉は見に行った。

幾株かのいちごはすばらしい勢いで四方八方へつるを延ばしていた。長いつるの土に着いた部分はすぐそこに根をはやした。かれんな繁殖はそこでもここでも始まっていた。

「ホ。なんにもくれなくてもいいんだ。」

と捨吉は目を丸くして言ってみて、青々とした威勢のいい葉、どこまで延びて行くかわからないようなつるの間などに、自分の手を突っ込むと、そこから言うに言われぬ快感を覚える。手桶に入れて持って来た水をふるまい顔に撒《ま》いていると、ちょうどそこへ主人も肥満した胸のあたりを涼しそうにひろげ、蜘蛛《くも》の巣の中形《ちゅうがた》のついた軽い浴衣《ゆかた》で歩きに来た。

「おじさん、御覧なさい――こんなにいちごがふえましたよ。」

と捨吉が声をかけた。

主人はおとならしい威厳を帯びた様子で捨吉の立っているそばをあちこちと歩いた。どうかすると向こうの花畑のすみまで歩いて行って、そこから母屋《おもや》の方を振り返って見て、また捨吉の方へ戻って来た。ゆくゆくはこのあき地へ新しい座敷を建て増そうと思うという計画などを捨吉に話して聞かせた。それからまた自分の事業の話などもして、大勝の大将と共同で遠からず横浜の方にある商店を経営しようとしていることなどを話した。

何かにつけて主人は捨吉の若い心を引き立てようとするように見えた。この「おじさん」がいい時代に向かいつつあることは捨吉の身にとっても何より心強い。八年このかた煩い煩いしていた細君がよくなったというだけでもたいしたことであるのに、家はますます隆盛《さかん》な方だし、出はいりするものも多くなって来たし、いい事だらけだ。主人の目は得意に輝いて見える時だ。その目はまたいろいろなものを言った。「おじさんが苦しかった時代のことに比べて見よ。捨吉、貴様はこういう家屋と庭園を自分のものとして住むということをなんとも思わないか。書生を置き、女中を使い、人は『田辺さん、田辺さん』と言ってたよって来るし、髪結《かみゆい》の娘で芸を商売にするものまで出はいりすることを誉れのようにしておじさんが脱いだ着物まで畳んでくれるということをなんとも思わないか。おじさんの指に光る金と宝石の輝きを見てもなんとも思わないか。捨吉、捨吉、どうして貴様はそうだ――なぜおじさんのあとへついて来ないか。」それを主人はいろいろなことで教えて見せていた。

細君が床揚《とこあ》げの祝いの日には、主人も早く起きて東の空に登る太陽を拝んだ。竈河岸の名高い菓子屋へ注文した強飯《こわめし》が午前のうちに届いた。「行徳《ぎょうとく》！」(7)と呼ばってはいって来て勝手口へ荷をおろす出入りの魚屋の声も、井戸ばたでさかんに魚の水をかえる音も、ふだんにまさって勇ましく聞こえた。奥座敷の神棚の下には大勝始め諸方からの祝いの品々が水引きの掛かったままで積み重ねてあった。

強飯を配るために捨吉は諸方へと飛んで歩いた。勝手に続いて長火鉢の置いてあるところで、おばあさんが房州《ぼうしゅう》出の女中をさしずしながら急がしそうに立ち働いた。菓子屋から運んで来た高い黒塗りの器の前には細君まで来てすわって、強飯をつめる手伝いをしようとした。

「米《よね》、なんだねえ。お前がそんなことをしなくってもいいよ。」

とおばあさんはしかるように言ってみせて、大きな重箱《じゅうばこ》を細君の手から引き取った。南天《なんてん》の実の模様のついたごま塩の包み紙、重たいちりめんのふくさ、それをおばあさんの詰めてくれた重箱の上に載せ、ふろしき包みにして、また捨吉は河岸の樽屋まで配りに行って来た。

その日は捨吉の兄も大川ばたの下宿の方から呼ばれて来た。宿は近し、それに大勝の大将は田辺の主人の旦那《だんな》でもあればこの民助兄にとっての旦那でもあって、そんな関係からよくたずねて来る。田辺の主人と民助とは同郷のよしみもあるのである。

「民助さん、まあ見てやってくださいよ。捨さんの足はこういうものですよ。」とおばあさんは捨吉の兄に茶をすすめながら話した。

「捨さん、ちょっとそこへ出してにいさんにお目におかけな。」と細君は捨吉を見て言った。「この節は十文半《ともんはん》の足袋《たび》がはまりません。ばかに甲高《こうだか》と来てるんですからねえ。」

「どうだ。おれの足は。」と主人はセルの単衣《ひとえ》をまくって、太い腰の割合に小さく締《し》まった足を捨吉の方へ出して見せた。

「とうさんの足と来たら、これはまた人並みはずれて小さい。」と細君が言った。

民助は奥座敷の縁先に近く主人と向かい合ってすわっていた。こんこん咳《せき》払いするのが癖で、「自分らの年をとったことはさほどにも思いませんが、弘さんや捨吉の大きくなったのを見ると驚きますよ。」と言ってまた咳《せ》いた。「なにしろ、『おばあさん、霜焼けが痛い』なんて泣いた捨吉がもはやこれだからねえ。」と主人は肥満したからだを揺するようにして笑った。

内輪のものだけの祝いがあった。昔を忘れないおばあさんも隠居らしい薄羽織《うすばおり》を着て、まだ切り下げたばかりの髪の後ろを気にしながら皆といっしょに膳《ぜん》についた。

「弘はにいさんのそばへおすわりなさい。」

と母親に言われて、弘は自分の膳を捨吉の隣りへ持って来る。捨吉もかしこまりながら好きな強飯を頂戴《ちょうだい》した。

食事が終わって楽しげな雑談が始まるころには、そろそろ主人の仮白《こわいろ》などが出る。芝居の方に関係し始めてから、それが一つの癖のようになっている。主人のは成田屋《なりたや》張《ば》りで、どうかすると仮白《こわいろ》をまねたあとで、「成田屋」という声を自分で掛けた。それが出る時は主人のきげんのよい時であった。

「弘、何か一つやれ。」

主人は意気のあがった面持ちで子息《むすこ》にも仮白《こわいろ》を催促した。

「およしなさいよ。」と細君は手にした団扇《うちわ》で夫を制するまねして、「とうさんのように仮白《こわいろ》ばかり仕込んで、困っちまうじゃありませんか。今に弘はお芝居の方の人にでもなってしまいますよ。」

「これがまたうまいんだからねえ。」と主人は子息《むすこ》の自慢を民助に聞かせた。

「民助さん、あなたの前ですが、」とおばあさんも引き取って、「どうもあたしはこの子のあんまり記憶《おぼえ》のいいのが心配でなりません。米もそう言って心配してるんです。まあ百人一首なぞを教えましょう、すると二度か三度も教えるともうその歌を暗《そら》で覚えてしまいます……あなたの前ですが、恐ろしいほど記憶《おぼえ》のいい子なんですよ……」

「弘さんはなかなか悧巧《りこう》ですから。」と民助が言った。

「しかし、あんまり記憶《おぼえ》のいいのも心配です。」と細君が言った。「私の兄の幼少《ちいさ》い時がちょうどこれだったそうですからねえ。」

「彼女《あれ》の兄というのは二十二か三ぐらいでなくなりましたろう。学問はよくできる人でしたがねえ。」と主人は民助に言って聞かせた。「実は、私もおばあさんや米のように思わないでもありません。どうかすると私は弘の顔を見てるうちに、この子にはあんまり勉強させない方がいい、田舎《いなか》へでもやって育てた方がいい、そう思うこともありますよ。」

「そのくせ、とうさんはいちばん物を教えたがってるくせに――いちばん甘やかすくせに。」と言って細君は笑った。

夭死《ようし》した細君の兄の話から、学問に凝ったと言われた人たちのことが皆の間に引き出されて行った。田辺の親戚《しんせき》で、田舎に埋《うも》れている年とった漢学者(8)のうわさも出た。平田派の国学に心酔した捨吉らの父(9)の話も出た。

「捨吉、そんなところにかしこまって、何を考えてる。」と主人が励ますように言った。

「皆これでどういう人になって行きますかサ。」と細君はわが子と捨吉の顔を見比べた。

おばあさんは首を振って、「捨さんの学校は耶蘇《やそ》だって言うが、それが少し気に入らない。どうもあたしは、アーメンはきらいだ。」

「おばあさん、そうあなたのように心配したらきりがありませんよ。今日英学でもやらせようと言うにはほかにいい学校がないんですもの。捨吉の行ってるところなぞは先生が皆アメリカ人です。朝から晩まで英語だそうです。」と言って主人は捨吉の兄の方を見て、「どうかして、捨吉にも洋行でもさしてやりたいものですな――お店《たな》の大将もそう言ってるんです――」

民助は物を言うかわりに咳いたり笑ったりした。

記念すべき細君の床揚げの祝いにつけても、どうかして主人は捨吉を喜ばそうとしているように見えた。ゆくゆくは自分の片腕とも、事業の相続者ともしたいと思うその望みを遠い将来にかけて。

三

楽しい田辺の家へ帰っても捨吉の心は楽しまなかった。「貴様はそんなところで何を考えてる。」と田辺のおじさんに問われることがあっても、彼は自分の考えることの何であるやを明らかに他に答えることができなかった。しかし、彼は考え始めた。彼が再び近づくまいと堅く心に誓っていた繁子にはからず途中でめぐりあった時のことは、たとえだれにも話さずにはあるが、深い感動として彼の胸に残っていた。それが彼から離れなかった。避けよう避けようとしてついに避けられなかったあの瞬間の心の狼狽《ろうばい》と、そして名状しがたい悲哀とは……あの品川の停車場手前から高輪の方へ通う細い人通りの少ない抜け道、その路傍の草の色、まだ彼はありありとそれらのものを見ることができた。あの白い肩掛けに身を包んでうつ向きがちに乗って行った車上の人までもありありと見ることができた。あの一度親しくした年上の婦人が無言で通り過ぎて行った姿は、何を見るにもまさり何を聞くにもまさって、あだかも心の壁の絵のように過ぎ去った日のはかなさ味けなさを深思せしめずにはおかなかった。

夏期学校[1]の開かれるという日も近づいていた。かねてそのうわさのあった時分から、捨吉は心待ちにしていたが、暑中休暇で戻って来てからまだ間もなし、書生の身ではあり、自分もそこへ出席させてほしいとはおじさんに願いかねていた。

ある日、捨吉は主人がひとりで庭を歩いているのを見かけた。そのそばへ行ってこんなふうに言い出してみた。

「おじさん、僕はお願いがあります。」

主人は、何かまた捨吉めがきまりを始めたという顔つきで、

「なんだい。言ってみろや。」

と笑って尋ねた。

その時、捨吉は自分の学校の方で特にその夏の催しのあることと、すぐれた講演の開かれることを主人に話した。その間しばらく自分は寄宿舎の方に行っていたいと願ってみ

た。

「へえ、夏期学校というのがあるのかね――」

と主人は言って、捨吉が水を撒《ま》いておいた庭の飛び石づたいに、あちこちと歩いてみて、やがてまた軽い浴衣《ゆかた》のすそをからげながら細い素足のままで捨吉の方へ来た。そしてまだ年少な、どうにでも延びて行く屋根の上の草のような捨吉の様子をながめた。この主人はなるべく捨吉を手もとに置きたかった。しかし書生を愛する心の深い人ではあり、日ごろいかに気を引き立ててくれるようにしてもとかく沈みがちな捨吉のためにはあるいはそういう夏期学校へ行ってみるのもよかろう、というふうに心配しつつ許してくれた。

「済んだら早く帰って来いよ。おじさんも忙しいからだになって来たからな――」

と付けたして言った。

捨吉はうれしくて、主人の前に黙ってお辞儀一つした。そのお辞儀が主人を笑わせた。

許しが出た。捨吉はいそいそと立ち働いた。しばらく書生としての勤めから離れる前に庭だけでもきれいに掃除しておいて行こうとした。金魚鉢《きんぎょばち》の閼伽《あか》をかえること、盆栽の棚を洗うこと、蜘蛛《くも》の巣を払うこと、しようとさえ思えばすることはいくらでも出て来た。家のまわりにはえる雑草はむしってもむしってもあとからあとからと頭をもたげつつあった。捨吉は表門の外へも出てみて、竹がこいの垣の根にしゃがみながら草むしりに余念もなかった。

井戸ばたには房州出の若い下女が働いていた。ちょうど捨吉がごみ取りを手にして草の根を捨てに湯殿のそばのごみため箱の方へ通ろうとすると、じっとしてはいられないようなおばあさんも奥の方から来て勝手口のところへ顔を出した。その流しもとで、おばあさんは腰を延ばしながらちょっと空をながめてみて、「ああ、きょうもよいお天気だ。」という顔つきをした。

「捨さん、おせんたく物があるなら、ずんずんお出しなさいよ。この天気だとすぐにかわいちまう。」

とおばあさんは捨吉を見て言って、その目を井戸ばたの下女の方へ移した。御主人大事と勤め顔な下女は大きなたらいを前にひかえ、農家の娘らしい腰巻きにはだしで、かいがいしくせんたくをしていた。捨吉が子供の時分から、「江戸は火事早いよ。」なぞと言って聞かせているおばあさんだけあって、捨吉の身のまわりのことにもよく気をつけてくれた。夏期学校の方へ出かけると聞いて、汗になった襦袢《じゅばん》やよごれた紺足袋《こんたび》のせんたくまで心配してくれた。

「捨さんの寝巻は。」

とおばあさんは下女に尋ねた。下女はたらいの中の単衣《ひとえ》を絞っておばあさんに見せた。それが絞られるたびにねじれた着物の間から濁った藍色《あいいろ》の水が流れた。

捨吉はすごすごと井戸ばたを通りぬけ、またごみ取りをさげて草むしりをしかけておいた門前の方へ行った。

憂鬱《ゆううつ》――いっさいのものの色彩を変えて見せるような憂鬱が早くも少年の身にやって来たのは、捨吉の寝巻のよごれるころからであった。何もかも一時に発達した。ちょうど彼がむしっている草の芽の地べたを割って出て来るように、彼の内部《なか》にきざしたものは恐ろしい勢いであふれて来た。髪は濃くなった。頬《ほお》は熱して来た。顔のどの部分と言わずかゆい吹き出ものがして、膿《う》み、腫《は》れあがり、そこから血が流れて来た。おさえがたく若々しい青春の潮《うしお》はからだじゅうを駆けめぐった。彼は性来の臆病《おくびょう》から、たとえ自分で自分に知れる程度にとどめておいたとは言え、自然を蔑視《さげす》み軽侮《あなど》らずにはいられないような放肆《ほしいまま》な想像に一時身を任せた。

こういうことが、優美な精神生活を送った人たちの生涯《しょうがい》を慕う心といっしょになって起こって来た。捨吉は夏期学校の催しを思いやり、その当時としては最も進んだ講演の聞かれる楽しみを思いやって、垣の根にはびこった草をせっせとむしった。葉だけ短く摘み取れるのがあった。土といっしょに根こそぎポコリと持ち上がって来るのもあった。

「御隠居様、このお寝巻はいくら洗いましても、よく落ちません。」

と下女が物干しざおの辺で話す声は垣一つ隔てて捨吉のしゃがんでいるところへよく聞こえて来た。

「ひどい脂肪《あぶら》だからねえ。」

というおばあさんの声も聞こえた。

捨吉は額の汗を押しぬぐってみて、顔をあかめた。彼は草むしりする手を土の上に置き、冷たい快感の伝って来る地べたにじかにてのひらを押しつけて、夏期学校の講演を聞こうとして諸方から集まって来る多くの青年のことを思いやった。同級の学生でそこへ出席する連中はだれとだれとであろうなどと思いやった。

寄宿舎の方へ持って行く着物も出しておかなければならなかった。高輪へ出かける前の日の午後、捨吉は自分の行李《こうり》を調べるつもりで土蔵の二階へ上がろうとした。蔵の前の板の間に、廂間《ひあわい》の方から涼しい風の通って来るところを選んで、午睡《ひるね》の夢をむさぼっている人があった。大勝の帳場だ、真勢《ませ》さんという人だ。真勢さんはお店《たな》から用たしに来たついでと見え、隠れた壁の横にひじを枕にして、ぐっすりと寝込んでいた。狭い板の間で、捨吉がその上をまたいでも、寝ている人は知らなかった。土蔵の二階は暗かった。金網を張った明り窓の重たい障子をあけてわずかに物を見ることができた。そこで捨吉は行李のふたをあけていると、おばあさんも何かの捜し物にはしご段を登って来た。

おばあさんは暗いすみの方から取り出したものを窓の明りに透かして見て、

「捨さん、これはお前さんの夏服だよ。」

と捨吉に見せた。それは彼が一時得意にして身に着けたものだ。

「これもお前さんのズボンだろう。」

とおばあさんはまた派手な縞柄《しまがら》のを取り出して来て捨吉に見せた。窓からさすかすかな弱い光線でも、その薄色のズボン地を見ることができた。捨吉は脱ぎ捨てた殻《から》でも見るように、自分の着た物をながめて立っていた。

「あれもいらない、これもいらない、お前さんはなんにもいらないんだねえ――まあ、この洋服はこうしてしまっておこう――今に弘でも大きくなったら、着せるだ。」

とおばあさんはその夏服の類を元の暗いところへしまいながら言った。

この土蔵の二階から捨吉が用意するだけの衣類を持って、おばあさんといっしょに奥

座敷の方へおりた時は、主人も弘も見えなくて細君だけいた。おばあさんは土蔵から取り出して来たものを細君に見せて、

「米《よね》、これかい。」

と聞いた。それは細君の好みで病中に造ったまだ一度も手を通さない単衣であった。

「どうせこんなものをこしらえたって着て出る時はないなんて、あの時はお前もそう言ったっけ。」

とおばあさんは思い出したように言った。

「ほんとにねえ。」と細君はまだ新しくてある単衣をひざの上に置いて見て、「これが着られるとは私も思わなかった……しかし私がいくらぜいたくしたって樽屋《たるや》のおばさんの足もとへも及ばない。あのおばさんと来たら、絽《ろ》の夏帯をふだんにしめてます。」

細君はそれをおばあさんに聞かせるばかりでなく、捨吉にも聞かせるように言った。

「おばあさん、済みませんがあの手ぬぐい地の反物をちょっとここへ持って来てみてくださいな。捨さんにも持たしてやりましょう。」

と細君に言われて、おばあさんは神棚の下の方から新しく染めた反物を持って来た。

「うちではこういうのを染めた。」

とおばあさんは水浅黄の地に白く抜いた丸に田辺としたのを捨吉にさして見せた。気

持ちのいい手ぬぐい地の反物が長くひろげられたのも夏座敷らしい。細君は鋏《はさみ》を引き寄せて、自分でその反物をジョキジョキとやりながら、

「でも、よくしたものだ。前には『捨さん、お前さんのえり首はまっ黒だよ』って言っても、まだ垢《あか》が着いてた。それがこの節じゃ、こっちから言わなくとも、ちゃんと自分で垢を落としてる——それだけ違って来た。」

こんなことを言って笑って、切り取った手ぬぐいは丁寧に畳んで捨吉の前に置いた。細君は出入りの者にそれを配るばかりでなく、捨吉にまで持たしてやるということを得意の一つとした。

午睡《ひるね》からさめた真勢さんが顔を洗いに来たころ、捨吉も井戸ばたに出てこの大勝の帳場といっしょになった。真勢さんは田辺のおじさんの遠い親類つづきに当たっていた。あのお店《たな》へ通うようになったのもおじさんの世話であった。午睡《ひるね》でしわになった着物にも頓着《とんちゃく》せず、素朴で、かまわないその様子は大店《おおだな》の帳場にすわる人とは見えなかった。しかし捨吉は田辺の家へ出入りする多くの人の中で、この真勢さんを好いていた。

「真勢さん、僕はあしたから夏期学校の方へ出かけます。」

と話して聞かせた。

「ホ、夏期学校へ。」

と真勢さんは汗じみた手ぬぐいで顔をふきながら言った。

夏期学校と聞いて真勢さんのように正直そうな目を丸くする人は、捨吉の身のまわりにはほかになかった。なぜというに、その講演はキリスト教主義で催さるるのであったから。そして、真勢さんはキリスト教信者の一人であったから。こうした十年一日のような信仰に生きて来た人を大勝の帳場なぞに見つけるということすら、捨吉にはめずらしかった。真勢さんは一風《いっぷう》変わっているというところから、「哲学者」というあだ名で通っていた。アーメンぎらいな田辺のおばあさんや細君の前で真勢さんは別に宗教臭い話をするでもなかった。この人のキリスト教信者らしく見えるのはただ食事の時だけであった。その食前の感謝も、ごく簡単にやった。真勢さんのはひざをなでなで目をつぶってちょっと人の気のつかないようにやった。

真勢さんは捨吉からしきりに夏期学校の催しを聞こうとした。井戸ばたから湯殿のそばの方へ、白い土蔵の壁の横手の方へ捨吉を誘って行って話した。

「なにしろ、そいつはうらやましい。忙しいからだでないと一つ聞きに出かけたい……安息日《あんそくび》すら守ることもできないような始末ですからな……もっとも自分の信仰だけはこれでできてるつもりなんですけれど……キリストだけはちゃんと見失わないつもりなんですけれど……」

教会の空気に興味を失った捨吉にも、こうした信徒の話はなつかしかった。真勢さんは築地《つきじ》の浸礼《しんれい》教会(2)に籍を置いていて、浅見先生の教会なぞとは宗派を異にしたが。

湯殿のそばを離れてから、二人はもうこんな話をしなかった。捨吉は玄関の小部屋へ行って出かけるばかりにふろしき包みを用意した。何か新しいものが彼を待っている。学校のチャペルの方で鳴る鐘の音ははや彼の耳の底に聞こえて来た。

学校まで捨吉は何にも乗らずに歩いた。人形町の水天宮前《すいてんぐうまえ》から鎧橋《よろいばし》を渡り、繁華な町中の道を日影町《ひかげちょう》へと取って芝の公園へ出、赤羽橋《あかばねばし》へかかり、三田《みた》の通りを折れまがり、長い聖坂に添うて高輪台町《たかなわだいまち》へと登って行った。許されてめずらしい講演を聞きに出かける捨吉には、その道を遠いとも思わなかった。聖坂の上から学校までは、まだかなりあった。谷の地勢をなした町の坂を下り、古い寺の墓地についてまた丘の間の道を上って行くと、あたりはもう陰鬱《いんうつ》な緑につつまれていた。寄宿舎の塔が見えて来た。高い窓をあけて日に干してあるふとんも見えて来た。

夏期学校の催しは構内のさまをなんとなく変えて見せた。寄宿舎の方へ通う道の一角《いっかく》で、捨吉は見知らぬ顔の青年が連れ立って歩いて来るのに会った。聴講者として諸方から参集する外来の客は寄宿舎の廊下をめずらしそうに歩き回ったり、塔の上までも登ってみたりしていた。心をそそられて捨吉も暗い階段を高く登って行ってみた。せせこましく窮屈な下町からやって来た彼は四すみに木造の角柱を配置した塔の上へ出て、高台らしい丘の上の空気を胸一ぱいに呼吸した。品川の海も白く光って見えた。

舎監から割り当てられた部屋へは、捨吉よりすこし遅れて同級の菅《すげ》(3)が着いた。以前遊んだ連中とも遠くなってから、黙しがちに日を送って来た中で、捨吉はこの同級生と親しい言葉をかわすようになったのである。菅は築地の方から通って勉強していた。夏期学校を機会に、しばらく寄宿舎でいっしょになれるということも捨吉にはめずらしかった。

「どうだろうね、足立君《あだち》(4)は来ないだろうか。」

と捨吉はもう一人の同級生のことを菅に言ってみた。捨吉は菅と親しくなるころから足立ともつきあいはじめた。三人はよくいっしょに話すようになった。

「足立君は来るという話がなかった。しかし来るといいね。」

と菅も言って、捨吉といっしょに部屋の窓ぎわへ行ってながめた。運動場の向こうには、ほかの学校の生徒らしい青年や、見慣れぬ紳士らしい服装の人も通る。講堂の横手にある草地に集まって足を投げ出している連中もある。仙台からも京都からも神戸からも学校の違い教会の違った人たちが夏期学校をさして集まって来ていた。外から流れ込んだ刺激は同じ学校の内部《なか》を別の場所のようにした。

講演の始まる日には、捨吉は菅と同じように短い袴《はかま》をはいて、すこし早めに寄宿舎の出入り口の階段をおりた。互いに肩を並べて平坦《たいら》な運動場の内を歩いて行った。講堂の方で学校の小使《こづかい》が振り鳴らすベルの音は朝の八時ごろの空気に響き渡りつつあった。運動場の区画は碁盤の目を盛ったようなまっすぐな道でほかの草地なぞと仕切ってあって、向こうの一角に第一期の卒業生の記念樹があればこちらの一角にも第二期の卒業生の記念樹が植えてあるというふうに、ある組織的な意匠から割り出されてある。三棟《むね》並んだアメリカ人の教師の住宅、殖民地ふうの西洋館、それと相対した位置に講堂の建物と周囲の草地とがある。入り口の石段について、捨吉が友だちといっしょに講堂へ上ろうとすると、ポツポツ界隈《かいわい》からもやって来る人があった。そこで捨吉たちはエリス教授にも会った。教授はズボンの隠袖《かくし》へ手をさし入れて鍵《かぎ》の音をさせながら、図らず亭主側《ていしゅがわ》に回ったような晴れ晴れとした顔つきでいた。

多数の聴講者をいれるチャペルは階上にあって、壁に添うた階段は入り口に近くから登られる。三年ばかりの間、毎朝の礼拝だエロキュウションのけいこだあるいは土曜の晩の文学会だと言って、捨吉たちが昇降したのもその階段だ。それを上りきる時分に、

菅はなめらかな木造のてすりに手を置いて、捨吉の方を顧みながら、

「岸本君、君は覚えているか……僕らが初めて口をきいたのもこの上がり段のところだぜ。」

「そうそう。」と捨吉も思い出した。「ホラ、演説会のあった時だったろう。」

「僕の演説を君がほめてくれたあね……あの時、君は初めて僕に口をきいた……」

「ずいぶん僕も黙っていたからね……」

二人が友情の結ばれ始めた日——捨吉は菅とともにしばらく廊下のてすりによりかかりながら、その日のことを思ってみた。チャペルの扉《と》の間からその広間の内部《なか》の方に幾つも並んだ長い腰掛けが見えた。ゆるい螺旋状《らせんじょう》をなした階段を登って来る信徒らはいずれも改まった顔つきで捨吉らの前をチャペルの方へと通り過ぎた。

日本にあるキリスト教界の最高の知識をほとんど網羅した夏期学校の講演も佳境に入って来た。午前と午後とに幾人《いくたり》かの講師に接し、幾回かの講演を聞いた人たちはチャペルを出て休憩する時であった。

「菅君、ここにいようじゃないか。」

と捨吉は友だちを誘って二階の廊下の壁のそばに立った。チャペルの扉《と》の外から階段の降り口へかけて休憩する人たちが集まっていた。折れ曲がった廊下の一方は幾つかの扉《と》のしまった教室に続いている。その突き当たりに捨吉たちが夏まで授業を受けた三年級の室がある。その辺まで壁に添うて立つ人が続いていた。捨吉は友だちと並んで立っていて、互いに持っている扇子をわざと交換して使ってみた。そこにも、ここにも、人々のつかう扇子が白く動いた。そして思い思いに夏期学校へ来てみた心持ちを比べ合っていた。中には手まねから言葉のアクセントまで外国の宣教師にかぶれてそれが第二の天性になってしまったようなキリスト教界でなければ見られないおじいさんも話していた。蒸し蒸しとした空気と、人の息とで、捨吉たちはすこしのぼせるほどであった。

やがてまたベルの音が講堂の階下《した》の入り口の方で鳴った。屋外《そと》へ出て休んでいた聴講者らまで階段を登って来た。チャペルの方へ行く講師の一人が捨吉たちの見ている前を通った。文科大学の方で心理学の講座を担当する教授だ。菅とは縁つづきに当たる人だ。

「M(5)——だ。」

と菅は低声《こごえ》で捨吉に言った。キリスト教界にはああいう人もあるかと、捨吉も目をかがやかして、沈着な学者らしい博士の後ろ姿を見送った。

続いて、旧約聖書の翻訳にたずさわったと言われるアメリカ人で日本語に精通した白髪の神学博士(6)が通った。同じく詩編や雅歌の完成に貢献したと言われ宗教家で文学の評論の主筆を兼ねた一致教会の牧師(7)が通った。今度の夏期学校の校長で、東北の方にその人ありと言われ、見るからに慷慨激越《こうがいげきえつ》な気象《きしょう》を示したある学院の院長(8)が通った。割れ鐘のような大きな声と悲しい沈んだ声とで互いに夏期学校の講壇に立って、一方を旧約のイザヤに擬するものがあれば、一方をエレミヤに擬するものがある、声望から経歴から相対立した関西の組合教会(9)の二人の伝道者が通った。捨吉たちが同級生の一人のおとうさんにあたる人で、新撰讃美歌集《しんせんさんびかしゅう》(10)の編纂《へんさん》委員たる長い白いひげをはやした老牧師(11)が通った。青山《あおやま》と麻布《あざぶ》にあるキリスト教主義の学院の院長(12)が通った。日本に福音《ふくいん》を伝えるためアメリカの伝道会社から派遣され、捨吉たちが子供の時分からあるいはまだ生まれない前からこの国に渡来した古参な、髪の毛色の違った宣教師たちが相続いて通った。京都にあるキリスト教主義の学校を出て、政治経済教育文学の評論を興し、若い時代の青年の友として知られた平民主義者(13)が通った。まだその日の講演を受け持つS学士(14)が通らなかった。初めて批評というものの意味を高めたとも言いうるあの少壮な哲学者の講演こそ、捨吉たちの待ち設けていたものである。そのうちに、すぐれて広い額にやわらかな髪をなでつけセンシチイブな目つきをした学士が人を分けて通った。

「ああSさんだ。」

と捨吉は言ってみて、菅と顔を見合わせた。学士に続いて、若い女学生が列をつくって通った。浅見先生が教えている学校の連中だ。つつましげなおばあさんの舎監は通ったが、その中に繁子はいなかった。

捨吉は菅の袖《そで》を引いた。「行こう」という意味を通わせたのである。

天井の高いチャペルの内部《なか》には、黄ばんだ色に塗った長い腰掛けに並んであふれるほどの人が集まった。一致派、組合派の教会の信徒ばかりでなく、監督教会、[15]メソジスト教会[16]に属するものまでも聞きに来た。捨吉らの歴史科の先生で、重いチャペルの扉《と》を音のしないようにしめ、靴音《くつおと》を忍ばせながら前へ来て着席するアメリカ人の教授もある。その後ろに捨吉は友だちと腰掛けた。S学士の講演にかぎって、その内容の論旨を並べた印刷物が皆に配布された。そこでもここでも紙をあける音が楽しく聞こえて来た。広いチャペルの左右には幾つかの長方形の窓わくを按排《あんばい》して、さらに太い線にまとめた大きな窓がある。その一方のすりガラスは白く午後の日に光って、いかにも丘の上にある夏期学校の思いをさせた。

捨吉たちのところへも印刷物を配って来た。菅はそれを受け取って見て、

「ギリシャ道徳よりキリスト教道徳に入るの変遷——いい題目じゃないか。」

と捨吉にささやいた。

恍惚《こうこつ》、感嘆、微笑、それらのものが人々の間に伝わって行く中で、学士は講壇の上からギリシャ道徳の衰えたゆえん、キリスト教道徳の興ったゆえんを文明史の立場から説き初めた。時とすると学士はフロック・コオトの後ろの隠袖《かくし》から白いハンケチを取り出し、広い額の汗を押しぬぐって、また講演を続けた。時々捨吉は身内がゾーとして来た。清《すず》しい、和やかな、しかも力のこもった学士の肉声から伝わって来る感覚は捨吉の胸を騒がせた。それを彼はポーと熱くなって来たり、またさめて行ったりするような自分の頰《ほお》で感じた。

夏期学校は三週間ばかり続いた。普通の学校の講義や演説会では聞かれないようないろいろな講師の話が引き継ぎ引き継ぎあった。いかに多くの言葉がそこで話されたろう。その中にはまたいかに空虚な声もまじっていたろう。いよいよ最終の日が来た。講師らの慰労を兼ねて、一同の懇親会が御殿山であるはずであった。

「いよいよお別れだね。」

と捨吉らは互いに言い合った。三週間は短かったけれども、その間に捨吉はいろいろなことを考えさせられた。菅との交わりはいっそう隔てのないものになって来た。

御殿山はそのころは遊園地として公開してあった。午後の二時ごろのまだ熱い日ざかりの中を捨吉は友だちと連れ立って懇親会へと出かけてみた。ひところの花のさかりと違って山は寂しい。こんもりと茂った桜の木陰はどこでもそれを自分らのものとして好き勝手に歩き回ることができる。あかみをもった幹と幹の間を通じてさらに奥の幽深《ふか》い木立ちがある。だれにはばかるところもなく讃美歌《さんびか》を歌いながら木の下を歩き回る夏期学校の連中が右にも左にも見える。

日は豹《ひょう》の斑《ふ》のようにところまんだら地面へ落ちていた。捨吉たちは山を一回りして来て、懇親会の会場に当てられた、ある休み茶屋の腰掛けの一つを選んだ。変色した赤い毛氈《もうせん》の上に尻を落とし、そこに二人で足を投げ出して、楽しい勝手な雑談にふけった。キリスト教主義の集まりのことでこういう時にも思い切って遊ぶということはしなかった。皆静粛《せいしゅく》に片付けていた。捨吉は桜の木の方へ向いて、幹事の配って来た折詰ののり巻きを食いながら、

「菅君、君は二葉亭《ふたばてい》の『あひゞき』(17)というものを読んだかね。」

「ああ。」

と菅も一つ頬張《ほおば》って言った。

初めて自分らの国へ紹介されたロシアの作物《さくもつ》の翻訳について語るも楽しかった。日本

の言葉で、どうしてあんな柔らかい、微細《こまか》い言いまわしができたろう、ということも二人の青年を驚かした。

涼しい心持ちのいい風が来て面《かお》をなでて通るたびに、二人は地の上に落ちている葉の影のかすかにふるえるのをながめながら、互いに愛読したその翻訳物の話に時を送った。

幹事の告別の言葉があり、一同の讃美歌の合唱があり、ある宣教師の声で別れの祝禱《いのり》があって、菅も捨吉も物のかげにひざまずいたころは、やがて四時間ばかりも遊んだあとであった。御殿山を離れる前に、もう一度捨吉はそこいらを歩き回った。山のはずれまで行って、ひとりで胸のふさがった日にはよくその辺から目黒の方まで歩き回ったことを思い出した。寄宿舎で吹き矢なぞをこしらえてこっそりとそれを持ち出しながら、その辺の谷から谷へと小鳥を追い歩いた寂しい日のあったことを思い出した。ふと、思いもかけぬ美しいものが捨吉の眼前にひらけた。もう空の色が変わりつつあった。夕陽《せきよう》の美は生まれて初めて彼の目に映じた。捨吉はその驚きを友だちに分けようとして菅のいるところへ走って行った。友だちを誘って来てまた二人して山のはずれへ立ったころはさらに空の色が変わった。天は炎の海のようにあかかった。驚くべく広々としたその日まで知らずにいた世界がそんなところにひらめいていた。そして、その存在を語っていた。寂しい夕方の道を友だちといっしょに寄宿舎へ引き返して行った時は、言いあらわしがたい歓喜《よろこび》が捨吉の胸に満ちて来た。

四

「捨さん、お帰りかい。」

夏期学校の方から帰って来た捨吉を見て、田辺のおばあさんは土蔵の内から声をかけた。薄暗い明り窓のひかりでおばあさんは何か捜し物をしていたが、やがて網戸をくぐって、土蔵前の階段をおりて来た。

家の内にはおばあさんと下女とだけしか見えなかった。細君は長い間煩ったため、少年時代からの捨吉のめんどうを見てくれたのもおもにこのおばあさんであった。そんなわけで捨吉は若いねえさんよりも、かえってこの年とったおばあさんの方によけいに親しみをもっていた。

「おじさんもこの節は毎日のように浜の方サ……ねえさんも大勝さんのお店《たな》まで……彼女《あれ》も、お前さん、そういう元気サ……よくなるとなったら、もうずんずんよくなっちまった……まるでうそみたように……七年も八年も彼女《あれ》の寝床が敷き詰めにしたったことを考えると、あたいは夢のような気がするよ……」

おばあさんはいろいろ話し聞かせて、おじさんの妹夫婦(1)も捨吉の留守の間から来て掛かっていることなどを話した。玉木《たまき》さんのおばさんという人には捨吉も田辺の家でちょいちょい会ったことがある。その夫婦だ。例の大勝の帳場を勤めている真勢さんとは縁つづきに当たる人たちだ。

「玉木さんたちはどこにいるんです。」

と捨吉が聞くと、おばあさんは奥座敷の二階の方をさしてみせた。

霜やけが痛いと言って泣いた時分からの捨吉のことをよく知っているおばあさんは彼がいつもに似ず晴れ晴れとした喜悦《よろこび》の色の動いた顔つきで夏期学校の方から帰って来たのをみた。しかしおばあさんは何を聞いて来たかとも何を見て来たかともそういうことを捨吉に鑿《ほ》って尋ねようとはしなかった。

「もうお前さんも子供ではないから、三度三度お茶受けは出しませんよ」なぞと言いながらも、やはり子供の時分と同じように水天宮のお供えのお下がりだの塩せんべいだのを分けてくれた。

捨吉はお辞儀をして玄関の方へ引きさがったが、夏期学校で受けて来た刺激は忘れられなかった。なんという楽しい日を送って来たろう。捨吉は玄関の次にある茶の間へも行ってそう思ってみた。まだ彼は友人の菅なぞといっしょに高輪の寄宿舎の方に身を置くような気がしていた。広い運動場の見える講堂側の草地の上に身を置くような気がしていた。おおぜいの青年が諸方から講演を聞きに集まったあのチャペルの高い天井の下に身を置くような気がしていた。よい講演が始まってそこでもここでも聴衆が水を打ったようにシーンとしてしまった時はどんなに彼も我れを忘れて若い心に興奮を覚えたろう……

小さいながらもある堅い決心をもって、捨吉はおじさんの家の方へ帰って来た。浮き浮きと考えていた幸福の味けなさがいよいよ身にしみじみと思い知られて来た。いっさいのものを捨てて自分の行くべき道を捜せという声がいっそうはっきりと聞こえて来た。

イギリスの言葉で物が読めるようになってから捨吉は第三学年のおわりまでにモオレエ(2)の刊行した『イングリッシ・メン・オヴ・レタアス』のうち十八世紀の詩人や文学者の評伝を三冊ほど抄訳した。学校の図書館から本を借りて来ては、ある時はほとんど日課もそっちのけにして、それらの伝記に読みふけり、それを抄訳してみるのを楽しみにした。三冊は彼にとってかなりな骨おりであった。たいせつにしてめったに人にも見せないその三冊を寄宿舎の方から持って来ている。田辺の家の玄関の片すみにある本箱の中にしまって置いてある。ちょうど蜜蜂《みつばち》が蜜でもためたように。

捨吉は自分のはなはだしい愛着心に驚かされた。だれが手習いの帳面のようなものをこうだいじがって毎日毎日取り出してながめているものがあろう。だれが半年も一年近くもこんなに同じ事を気にかけているものがあろう。葬れ。葬れ。忘れ去りたい過去の記憶とともに。こう考えて、玄関の壁に掛けてある古びた額の下に立ってみた。その額は田辺の親類にあたる年老いた漢学者が漢文で細かに書いた何とか堂の記だ。その漢学者からは捨吉もまだ少年の時分に『詩経』の素読なぞを受けたことのある人だ。茶の間の柱のところへも行ってよりかかってみた。客があれば夏でもその上へ座ぶとんを敷いて勧める大きな熊《くま》の皮の上へも行って寝てみた。その猛獣のからだからはぎ取ったような顔面の一部と鋭い爪《つめ》の付着した、おじさんの自慢の黒々として光沢のある、手ざわりの荒いようでなめらかな毛皮の敷物から身を起こしたころは、捨吉は一思いに自分の殻を脱ぎ捨てようと思った。

いっそ焼き捨ててしまおう。そう思い立って人の見ない裏のあき地を選んだ。三冊の草稿を持ち出しながら土蔵の前を通り、裏の木戸をあけ、例のいちごを植えておいた畑のそばへ行って見ると、そこに格好な場所がある。一方は高い土蔵の壁、一方は荒れた花壇に続いている。そのあき地にしゃがむようにして、草稿の紙を惜しげもなく引きちぎり、五、六枚ずつもみくちゃにしたのを地べたの上に置いては火をかけた。紙は見る間に燃えて行った。捨吉は土蔵の廂間《ひあわい》にあった裏の畑を掃く草ぼうきを手にしたまま、丹精した草稿が灰になって行くのをながめていた。

「ええ――いっしょに焼いちまえ。」

と言ってみて、残った草稿を一まとめにした時は、どうかするとあかい炎が上った。そのたびに捨吉は草ぼうきで火をたたき消した。色の焦げた燃えさしの紙片はいちごの葉の中へも飛んだ。

「捨さん、お前さんは何をするんだねえ。」

とおばあさんが木戸口から顔を出したころは、捨吉の草稿はあらかた灰になっていた。

「ナニ、なんでもないんです……すこしばかり書いたものを焼いちまおうと思ってるんです……」

「御覧なさいな、御近所ではなんだかキナ臭いなんて言ってるじゃありませんか。」

とまたおばあさんが言って、台所の方から水を入れた手おけを木戸口のところまでさげて来てくれた。捨吉は頭をかきかきおばあさんのくれた水ですっかり火を消した。灰も紙きれもいっしょこたに黒ずんだ泥のようにしてしまった。飛んだ人騒がせをしたと彼はきまり悪くもなった。これしきの物を焼き捨てるのに、とは思ったが、黄ばんだ薄い煙が一団となって高く風のない空に登ったのは狭い町中で彼のしたことと知れた。すごすごと捨吉は手おけをさげて台所へ戻ろうとした。奥座敷の方からおばあさんが声をかけるのに会った。行きかけた足を止めると、おばあさんの顔は見えなかったが、言うことはよく聞こえた。

「……くず屋に売ったってもいいじゃないか……なにも書いたものをそんなに焼かなくっても……」

捨吉はどう言いわけのしようもなかった。なぜそんなまねをしなければ気が晴れないかということは、とても口に出して言えなかった。彼は手おけをさげたきりしょんぼりと首をたれて、おばあさんが言葉を続けるのを聞いていた。

「……お前さんがまた、そんな巧みのあるような人なら、吾家《うち》なぞにいてもらうことは御免をこうむりましょうよ……」

それほど自分の心持ちが目上の人に通じないかと捨吉は残念に思った。

夕飯の時が来て細君も弘も丸い大きな食台《ちゃぶだい》のまわりにいっしょになった。その時はもうおばあさんはほかの話に移って、捨吉のしたことをとがめようとする様子はなかった。その淡黄色な、がっしりとした食台《ちゃぶだい》のそばで、捨吉は玉木さんという人にも紹介《ひきあわ》された。

「捨さん、あなたにもまたこれからお世話様になりますよ。」

と玉木さんのおばさんは自分の旦那《だんな》の顔と捨吉の顔とを見比べて言った。

おばあさんは台所の方へ立って行ったり、また食台《ちゃぶだい》のそばへ来たりして、ひとりでま

めにからだを動かしながら、
「玉木さんは、捨さんのおとうさんにお会いになったことがありますか。」
「いえ、一度も——岸本さんというお名前は聞いてはおりましたが。」と玉木さんが答えた。

玉木さんは食客らしく遠慮がちにひざをすすめて、夫婦《ふたり》して並んで食台《ちゃぶだい》の周囲にすわった。「さあ、どうぞめしあがってください、」と田辺の細君に言われて、「いただきます、」とは答えたが夫婦ともすぐ箸《はし》を取ろうとしなかった。御飯やおかずのつけてある前に、ややしばらく頭を下げていた。それを見て捨吉はこの玉木さんがキリスト教の信徒であることを知った。

お前はクリスチャンか、とある人に聞かれたら捨吉はもはや以前に浅見先生の教会で洗礼を受けた時分の同じ自分だとは答えられなかった。日曜日曜にきまった会堂へ通い説教を聞き讃美歌《さんびか》を歌わなければ済まないことをしたと考えるような信者かたぎからはだいぶ離れて来た。三度三度の食前の祈禱《きとう》すら廃している。では、お前は神を信じないか、とまたある人に聞かれたら自分は幼稚ながらも神を求めているものの一人だと答えたかった。あやまって自分は洗礼なぞを受けた、もしほんとうに洗礼を受けるならこれからだ、と答えたかった。

おおぜいの男女の信徒が集まる教会の空気は捨吉の若い心を失望させたとは言え、学校のチャペルで日課前に必ずある儀式めいた礼拝なぞにもほとほと興味を失ったとは言え、いつのまにか彼はいろいろなキリスト教界の先輩から宗教的な気分を引き出された。その影響はややもすればこの世をはかなみ避けようとするような、隠遁的《いんとんてき》な気分をさえ引き出された。その影響はまた、おじさんなぞの汗を流して奮闘している世界に対して妙に自分を力のないものとしたばかりでなく、世間にうといということが恥辱《はじ》ではなくてかえって手柄《てがら》かなんぞのようにさえ思わせた。こうした力なさは時とすると負け惜しみに近いような悲しい心持ちをさえ捨吉に味わわせた。おじさんの知っている人でばかに元気のいい客なぞが来て高い声で笑ったり、好き勝手にふるまったり、だじゃれを混ぜた商売上の話をしたりすると、おじさんなんぞから見るとずっとありがたみのない人だと思うにもかかわらず、そういうおとなの肥満した大きな体格に、充実した精力に、まだ年の若い捨吉は圧倒されるような恐ろしいもののあることを感じた。実際、捨吉は昔の漢学先生の額の掛かった三畳ばかりの玄関を勉強部屋とも寝間《ねま》ともして、自分のすることをおとなに見られるのも恥じるような、青年らしい暗い世界にいた。

玉木さん夫婦が来て同じ屋根の下に住むようになったことは――たとえばキリスト信徒と言ってもあの真勢さんなぞと違って――妙に捨吉の心を落ち着かせなかった。玉木さんのおばさんはゆくゆくは女の伝道師にと志している人であった。まだこうして田辺の世話にならない前、よく築地《つきじ》の方から来て、滔々《とうとう》とした弁舌で福音の尊さを説きすめたことを捨吉も耳にはさんだことがある。この婦人に言わせると、すべては神の摂理だ。貧しさも。苦しさも。兄なる人の家へ来て夫婦《ふたり》して身を寄せるほどの艱難《かんなん》も。おのが伝道師たらんとする志を起こしたのも。おのが信仰の力によって夫を改宗させたということも。三度三度の涙のこぼれるような食事も実は神の与えたもうところの糧《かて》である。田辺のおじさんが横浜の方からでも帰って来ている日には、ことに玉木のおばさんの気炎が高かった。物に感じやすい捨吉はこの婦人と田辺のおばあさんやねえさんとの女どうしの峻烈《きび》しい関係を読むようになった。ことにそれをいっしょに食台《ちゃぶだい》につく時に読んだ。

「玉木さん、御飯。」

と時には捨吉が二階のはしご段のところへ呼びに行くことがある。すると夫婦は一階ずつはしご段を踏む音をさせて降りて来て、入念に食前の感謝をささげた。ややしばらく夫婦が頭を下げている間、ねえさんたちも箸を取らず、夫婦が頭をあげるまで待っていたが、その間の沈黙には捨吉にとってなんとも言いようのない苦しいものがあった。

「ゆふぐれしづかに
　いのりせんとて、
世のわづらひより
　しばしのがる――」

讃美歌(3)の声が奥座敷の二階から聞こえて来る。玉木さんたちは夫婦だけで小さな感謝会でも開いたらしい。その讃美歌の合唱は最初は二人で口ずさむように静かで、世を忍ぶ心やりとも貧しさを忘れる感謝とも聞こえたが、そのうちに階下《した》へも聞こえよがしの高調子になった。玉木さんの男の声はおばさんの女の声に打ち消されて、捨吉が歩いていた庭の青桐《あおぎり》のところへ響けて来た。

玉木さんのおばさんのすることは捨吉をハラハラさせた。捨吉は異様な、矛盾した感じに打たれて、青桐の下から庭のすみの方の楓《かえで》や楠《くす》の葉の間へ行って隠れた。

「にいさん。」

と呼んで、こういう時に捨吉の姿を見つけては飛んで来るのが弘だ。どうかすると、弘は隣りの家の同《おな》い年ぐらいな遊び友だちの娘の手を引いて来て、互いに髪を振ったり、腰に着けた巾着《きんちゃく》の鈴を鳴らしたりして、わっしょいわっしょいと捨吉の見ている前を通り過ぎた。こうした幼い友だちどうしをすら、玉木さんのおばさんは黙って遊ばせてはおかなかった。何か教訓を与えようとした。「弘さんたちは二階で何をしていたの」なぞと聞いた。身に覚えのある捨吉は玉木のおばさんの言ったことを考えて、わざわざ少年をはじしめるようなそういう苛酷《かこく》なおとなの心を憎んだ。

ある日、捨吉は二階の玉木さんの部屋へ上がって行ってみた。次第に玉木さんも捨吉となれなれしい口をきくようになったのである。ことに捨吉がキリスト教主義の学校で勉強していることや、聖書を熱心に読んでみていることや、浅見先生の家にも置いてもらったことがあるという話を知ってから、ちょいちょい玉木さんの方から捨吉の机のそばへのぞきに来て、時には雑誌なぞを貸してくれと言うようになったのである。

「捨さん、まあお話しなさい。」

と玉木さんは言って、さも退屈らしく部屋を見回した。

その二階は特別な客でもあった時にあげるくらいで、ふだんはあまりつかわない部屋にしてあった。楠の木目《もくめ》の見える本箱の中には桂園派《けいえんは》(4)の歌書のめずらしくても読み手のないような写本が入れてある。長押《なげし》の上には香川景樹《かがわかげき》からおばあさんの配偶《つれあい》であった人にあてたという歌人《うたよみ》らしく達者な筆で書いた古い手紙が額にして掛けてある。玉木さんはここへ世話になってからもはやその部屋の壁も、夏の日のさした障子も見飽きたという様子で、おじさんから借りた一閑張《いっかんば》りの机の前に寂しそうにすわっていた。

玉木さんは何をして日を暮らしていたろう。明けても暮れても読んでいるのは一冊の新約全書だ。ところどころに書き入れのしてある古く手ずれた革表紙の本だ。読みさしのコリンタ前書(5)の第何章かが机の上にあけてある。

捨吉は学校の友だちにでも物を尋ねるような調子で、

「玉木さんがいらっしゃる築地の方の教会はなんと言うんですか。」

「私の属してるのは浸礼教会です。」

玉木さんは煙草《たばこ》をのむことさえ不本意だが、退屈しのぎに少しはやるという顔つきで、短い雁首《がんくび》のきせるで一服吸い付けながら答えた。

「キリスト教の中にもいろいろな宗派がありますね。浸礼教会というと、真勢さんの行くのと同じですね。」

「ええ、真勢もやはりそうです。」

玉木さんは目に見えない昔の士族の階級を今もなお保存するかのように、真勢、真勢と呼び捨てにした。

「玉木さん、あなたはこれからどういうことをなさるんです。」

この捨吉の問いには、玉木さんはめったにそんなことを聞いてくれた人もないという目つきをして、ややまゆをあげて、

「私ですか。これから伝道者として世に立とうと思ってます。私も今日までにずいぶんいろいろなところを通って来て……失敗ばかりして……まあようやく感謝の生涯にはいりましたよ……」

涼しい風が部屋の片すみの低い窓から通って来た。小障子のあいたところから裏のあき地にある背の高い柳の木も見えた。その延び放題に延びた長い枝や、青い荒い柳の葉が風に動いているのも見えた。捨吉は玉木さんと話しているうちに、そうした晩年になって静かな宗教生活にはいろうとしている人と対座するような生き生きとしたところは少しも感じなかった。貧しい弱いものの味方になってくれるキリスト教の教会へ行って霊魂《たましい》を預けるよりほかには、もうどうにもこうにもならないような、極度の疲労と倦怠《けんたい》とで打ち震える人のそばにでもいるような気がした。でも、「やせても枯れても玉木です――一個の男子です――そう婦女子なぞにばかにされてはいませんよ」と武士らしい威厳をもった玉木さんの目は言うように見えた。

そこへ階下《した》から上がって来たのは玉木さんのおばさんだ。おばさんは散らかしてあっ

た針仕事なぞを壁のすみに取り片付けていたが、やがて何か思いついたように夫の顔を見て、

「あなた、何だか私はお祈りがしたくなった。きょうは金曜ですに、皆でいっしょにお祈りをせまいか。」

「それもよかろう。」

と玉木さんはすわり直して肩をゆすった。

「捨吉さん、きょうはあなたもお仲間におはいりなさいな。」

とおばさんは捨吉にもすすめた。

哀憐《あわれみ》が捨吉の胸に起こって来た。彼は夫婦と車座になって、部屋の畳の上に額を押しあてながら、もうそろそろ年寄りと言ってもいい人たちのかわるがわるする祈禱の言葉を聞いた。おばさんは神様に言い付けるような調子で、おさえがたい女の胸の中を熱心に訴え、田辺のおばあさんやねえさんまで改宗させずにはおかないという語気で祈った。玉木さんの方はごくサッパリと祈った。「天にましますわれらの父よ、すべてをしろしめす父よ……」というふうに祈った。

次の日曜には、捨吉は表門の出入り口のところで、ヨソイキの薄い夏羽織を着て出かけようとする玉木さんの姿を見かけた。

「玉木さん、教会ですか。」

と捨吉は聞くと、玉木さんはさびしそうにうなずいて、赤い更紗《さらさ》のふろしきに包んだ聖書を手にしながら築地の方をさして行った。

「お金ほどありがたいものが今日の世の中にあるものかね……お金がなくて今日どうして生きて行かれるものかね……あたいは耶蘇《やそ》は大きらいだ……」

何かおばあさんはかんしゃくにさわったことがあると見え、捨吉をつかまえて玉木のおばさんにでも言うようなことを言って聞かせた。年をとってもおばあさんは精悍《せいかん》の気にあふれていた。娘とともに養子の主人を助けて過ぐる十年の間の苦労した骨折りを取り返すのはこの時だという意気込みを見せていた。

捨吉はちょっとめんくらった。おばあさんやねえさんと玉木のおばさん夫婦との間に板ばさみにでもなったように感じた。おとなどうしのあらそいを避けて、だれもいないようなところへ走って行きたい。そこで叫びたい。この心持ちは何とも名のつけようのないものであった。彼は自分の内部《なか》からわいて来るもののために半ば押し出されるようにして、隅田川《すみだがわ》の水の中へでも自分のからだを浸したいと思いついた。

「おばあさん、ちょっと僕は大川《おおかわ》ばたまで行ってまいります。ちょっと行って泳いでまいります。」

こう言って出た。

暑い日あたりの中を捨吉は走るようにして歩いて行った。水泳場の方へ通い慣れた道を取り、二町ばかり行って大川ばたの交番のところへ出ると、そこから兄の下宿も見える。河岸《かし》に面した二階の白い障子も見える。ちょっと声をかけて行くつもりでたずねると兄は留守で、奥の下座敷《したざしき》の方に女の若い笑い声なぞも聞こえていた。

「岸本さんは浜の方へお出ましでございます。」

この下宿のおかみさんの返事で、兄は商用のために横浜の商館の方へ出かけたことが知れた。岸の交番のならびには甘酒《あまざけ》売りなぞが赤い荷をおろしていた。石に腰掛けて甘酒を飲んでいるお店者《たなもの》もあった。柳の並み木が茂りつづいている時分のことで、岸から石垣の下の方へ長くたれ下がった細い枝が見える。その枝を通して流れて行く薄濁りの隅田川の水が見える。裸で小舟に乗ってこぎ回る子供もある。彼は胸を突き出し深く荒い呼吸《いき》をついて、青い柳の葉を心ゆくばかり嗅《か》いだ。

水泳場には捨吉の泳ぎの教師がいた。二夏ばかり通ううちに捨吉も隅田川を泳ぎ越すぐらいはらくにできたのである。小屋の屋根に上がって甲らを干すもの、腕組みするもの、寝そべるもの、ぶるぶる震えているもの、高いはしごの上から音をさして水の中へ飛び込むもの、そういう若い人たちのなかにはからだの黒いのを自慢な古顔《ふるがお》もあり、ようやく渋皮のむけかかった見知らぬ顔もあった。岸の近くは泳ぎ回る人たちののしり叫ぶ声や波をける騒がしい音で満たされていた。

勝手を知った捨吉はおおぜい水泳場の生徒の集まっているところで、自分もすぐに着物を脱ぎ、背の立つ水の中を泳ぎ抜けて、小屋に近くつないである舟の上へ登った。遠く舟を離れて対岸をめがけて進むものもあった。彼も身を逆さまにして舟から水底の方へおどり入った。あだかも身をもがかずにはいられないように。あだかも何か抵抗するものを見つけて身を打ちつけずにはいられないように。

川蒸汽の残して行く高い波がやって来た。舟から離れて泳いでいるものはいずれもそれを迎えようとして急いだ。波は山のように持ち上がって来る。どうかすると捨吉はずっとあとの方へ押し流された。そのたびに彼は波の背に乗って、おどりかかって来るような第二の波をかぶった。一時はシーンとするほど深く沈んだからだが自然と浮いて来て、だんだん水の中が明るくなったと思うと、いつのまにか彼は日の反射する波の中にいた。旧両国の橋の下の方から渦巻き流れて来る隅田川の水は潮にまじって、川の中を暖かく感じさせたり冷たく感じさせたりした。浮いて来るごみの塊や、西瓜《すいか》の皮や、腐った猫の死骸《しがい》や、板きれと同じように、気にかかるこの世の中の些細《ささい》な事は皆ずんずん流れて行くように思われた。

捨吉は頭から何からすっかりぬれて舟へ上がった。両方の耳からは水が流れて来た。そのからだを日の光の中に置いて、しばらく波の動揺に任せていた。

「にいさん。」

と岸から呼ぶ子供の声がした。弘だ。弘は母親に連れられて大川ばたへ歩きに来ていた。

「弘さん。」

と捨吉も舟の上から呼びかわした。何年も何年も寝床の上にばかり臥《ね》たり起きたりした田辺のねえさんが弘の手なぞを引いて歩いている姿をこの河岸に見つけるということは、捨吉にはめずらしかった。おばあさんの言い草ではないが、まるでうそのような気がした。

岸へ上がってからだをふき、面長《おもなが》な教師にも別れ、水泳場を出て弘を捜したころは、ねえさんたちはもう見えなかった。おじさんが釣りに来てよく腰をかける石なぞが捨吉の目についた。

ぬれた手ぬぐいをさげてもと来た道を田辺の家の前まで引き返して行くと、捨吉は門前のところで玉木のおばさんのボンヤリと立っているのに会った。おばさんは何をながめるともなく往来をながめていた。

「捨さん、お前さんはえらい。」とおばさんが捨吉の顔を見て言った。

「なぜです。」と捨吉は問い返した。

「なぜって、田辺のような家にそう長く辛抱していられるのは、えらい。」

このおばさんの返事に、捨吉は侮辱を感じた。

おばさんはしおれて、「もう私どもはそんなに長いことここの家のお世話になっていません。」

と附添《つけた》した。

アーメンぎらいな人たちの中で、時々捨吉が二階へ上がって行って祈禱《いのり》の仲間入りをするようになったは、同じ居候《いそうろう》の玉木さんを哀れむという心からであった。こういう芝《しば》居町《いまち》に近い空気の中にすくなくもキリスト教の信徒を見つけたからであった。彼はまだ身に覚えのないほど自ら哀れむということをも覚えて来た。

八月も末になって、捨吉は例のように書生としての勤めを励んでいた。せっせと庭を掃いているとめずらしく友だちの菅がたずねて来た。

「よく来てくれたね。」

と捨吉は田辺の家の方で友だちを迎えたことをうれしく思った。

「岸本君、君は今いそがしいんじゃないか。」

と菅が言ったが、捨吉はそれを打ち消して、庭から茶の間の方へ回っていっしょに下《げ》駄《た》ばきのまま腰掛けた。

「捨さん、なんだねえ、お友だちをお上げ申すがいいじゃないか。」

とおばあさんもそこへ顔を出して、捨吉の友だちという青年をめずらしそうに見た。

「ここでたくさんです。」と菅はおばあさんの方を見て言った。

「君、上がりたまえな。」

と捨吉は友だちにすすめて、自分もいっしょに茶の間へ上がった。こういう時にはおばあさんはよく気をつけてくれた。奥の部屋の方からわざわざ茶を入れたりおせんべなぞを添えたりしてそれを持って来て勧めてくれた。

「菅君、これはまだ君に見せなかったッけか。」

と捨吉が玄関の方から取り出して来て友だちの前に置いたは、青いクロオス表紙のウオルズウオース(6)の詩集だ。菅はその表紙をうちかえし見て、二枚ばかり中に入れてあるイギリスの銅板のさし絵をもながめた。

捨吉もいっしょにながめ入りながら、

「いい絵だろう。これは君、僕が初めて買った西洋の詩集サ。銀座の十字屋に出ていたのサ。」

こんな話から、二人はまだ少年のころにイギリスの言葉を学び始めた時のことなぞが引き出されて行った。初めてナショナルの読本(7)が輸入されて、十字屋の店先なぞには大きな看板が出る。その以前から行なわれたウイルソンやユニオンの読本に比べると、あの黄ばんだ色の表紙、飽きないおもしろい話、たくさんなさし絵、光沢のある紙のにおいまでが少年の心をそそって、皆争って買った時のことなぞも引き出された。捨吉が初めてついた語学の教師は海軍省へ出る小官史《こやくにん》とかで、三十銭の月謝でパアレエの万国史(8)まで教えてくれた話も引き出された。

「僕が二度目についた英語の先生という人は字引きをこしらえていたよ。おもしろい発音のしかたで、まるで日本外史(9)でも読むのを聞いてるようだっけ。それでも君、ほかの生徒があの先生はなかなかえらいなんてほめりゃ、自分まで急にありがたくなったような気もしたッけ。」

こう捨吉は友だちに話して笑って、さらに思い出したように、

「浅見先生には僕は神田の学校でアーヴィング(10)をおそわった。『スケッチ・ブック』なんて言ったって本がなかった。先生は自分で抜萃《ばっすい》したのをわざわざ印刷させた。アーヴィングなぞを紹介したのはおそらく浅見先生だろうと思うよ。」

こんな話もした。

小《こ》一時間ばかり話して菅は帰った。友だちが置いて行ったやわらかい心持ちは帰ったあとまでも茶の間に残っていた。

夕方の静かな時に、捨吉は人の見ない玄関の畳の上にひざまずいた。ただひとり寂しい祈禱《いのり》の気分に浸ろうとした。ちょうどそこへおばあさんが通りかかった。捨吉は頭を上げて見て思わず顔をまっかにした。

五

もう一度皆同級の青年が学窓をさして帰って行く時が来た。三年の間ずっといっしょにやって来たり途中で加わったりした生徒がさらに第四学年の教室へ移り、新しい時間表を写し、受持受持の教授を迎え、皆改まった顔つきで買いたての香《におい》のする教科書をあける時が来た。その中には初歩のラテン語の教科書もあった。寄宿舎へ集まるものは互いに一夏の間の話を持ち寄って部屋部屋をにぎわし、夜おそくまで舎監の目を忍び、見回りの靴の音が廊下に聞こえなくなるころには、いったん寝たふりをしていたものまでまた起き出して寝室の暗い燈火で話し込む時が来た。

学校の表門のそばにある幾株かの桜の若木も、もう一度捨吉の目にあった。過ぎ去った日を思い起こさせ、かつて自分の言ったことしたこと考えたことを思い起こさせ、打ち消しがたい後悔を新たにさせるような人々が、もう一度捨吉の眼前を行ったり来たりした。

捨吉はすでに田辺の家の方からある心の仮面《めん》をかぶることを覚えて来た。ちょうどおじさんの家がまだ京橋《きょうばし》の方にあった時分田舎《いなか》から出て来たばかりの彼は木登りが恋しくて人の見ない土蔵のはしご段を逆さに登って行くことを発明したが、そんなふうにある虚偽《うそ》を発明した。彼は幾度となくそれを応用した場合を思い出すことができる。そうした場合に起こって来る自分の心持ちを思い出すことができる。

おじさんの家の玄関へ来て取次《とりつぎ》を頼むという客の中にはずいぶんいろいろな人があって、そのたびにお辞儀に出たり名前を奥へ通したり茶を運んだりしたが、芝居の座主《ざしゅ》とか大札《おおふだ》とかが飛ぶ鳥も落とすような威勢ではいって来ても、芝居茶屋のおかみさんの腰のまわりにどんな自慢な帯が光っても、傲然《ごうぜん》とした様子で取次を頼むという客がおじさんたちと同国の人とかで東京へ一文《いちもん》も持たずに移住したものは数え切れないほどあるが、その中での成功者はまあだれとだれとであろうというような自慢話を聞かされても、彼はそういう場合にきまりで起こって来る反抗心を紛らそうとして、まるで何の感じもないようなトボケた顔をしていたその自分の心持ちをよく思い出すことができる。

持って生まれて来ただけの生命《いのち》の芽は内部《なか》から外部《そと》へ押し出そうとはしても、まだまだ世間見ずの捨吉の胸はあだかも強烈な日光にしおれる若葉のように、現実のはげしさに打ち震えた。彼はまたある特種の場合を思い出すことができる。つい田辺の家の近くに住んでよく往来をながめている女の白く塗った顔は夢の中にでも見つけるようなぶきみなものであった。毎日夕方からお湯にはいりに行くことを日課にしているその女の意気がった髪に掛けた青い色の手絡《てがら》はたまらなくいやみに思うものであった。その女が自分のだいじな兄に岡惚《おかぼれ》しているという話をからかい半分に田辺のねえさんたちから聞かせられても——兄は商法の用事でおじさんの家へよく出入りしたから——でも彼はおとなの情事《いろごと》なぞというそういうことに対してどこを風が吹くかという顔つきをしていた。「捨さん、お前さんもよっぽど変人だよ、」と田辺のねえさんに笑われて、彼はむしろある快感を覚えたことを思い出すことができる。

それを彼は高輪の方でも応用しようとした。かっていっしょに茶番をして騒いだ生徒にも。かつてそろいの洋服を造って遊んだ連中にも。かつて会うことを楽みにした繁子や、それから彼女の教えている女学校の生徒たちにも。かつて「岸本さん、岸本さん」ともてはやしてくれた浅見先生の教会の人たちにも。「狂人のまねをするものはやはり狂人だ。ばかのまねをするものはやはり一種のばかだ。」とこの言葉は彼を喜ばせた。彼は痴人《ちじん》の模倣に心を砕いた。それを自分の身に実現《あらわ》そうと試みた。

「天秤棒《てんびんぼう》！」

どうかするとこんな言葉がひやかし半分に生徒仲間の方から飛んで来る。だれかそれを不意と思い出したように。岸本は年少《としした》なくせに出過ぎて生意気だというところから、「鋳掛屋《いかけや》の天秤棒(1)」というあだ名を取っていた。以前はそれを言われると——ことに高輪の通りで知った人の見ている前では——かなりつらかった。もうそういう時は過ぎた。「白《しら》ばくれるない」とでも呼んで通る人の前へ行くと、ことに彼はばかげた顔をして見せた。そして、胸に迫る悲しい快感を味わおうとした。

学校のチャペルへ上がっても、教室へ行っても、時には喪心したように黙って、半分死んだような顔をしていることがあった。以前は彼の快活を愛したエリス教授も、もはやひところのように忠告することすらあきらめて、彼が日課を放擲《ほうてき》するに任せた。「ほんとに岸本さんも変わったのね、」とか、「まあ岸本さんはどうなすったの、」とか、女学校の方の生徒たちにまで言われるようになった。思い屈したあまり、彼はどうかすると裸で学校のグラウンドでも走り回りたいような気を起こして、自分で自分の気違いじみた心にあきれたこともある。

こういう中で、捨吉は二人の友だちに心を寄せた。相変わらず菅は築地の家の方から通学していた。足立が寄宿舎生活をするようになってからは、三人していっしょになる機会が多かった。

捨吉は足立の部屋の前へ行って、コンコンと扉《と》をたたいてみた。

「おはいり。」

という声がする。「カム・イン」と英語でいう声もする。

扉をあけてはいると、ちょうど菅も学校の帰りがけに寄っていた。三脚しか椅子《いす》の置いてない部屋の内には足立、菅のほかに同級の寄宿生も二人いて、腰かけるもあり、立つもあり、濃い色のペンキで木目に似せて塗った窓わくの内側のところによりかかるもあった。

「岸本はちょうどいいところへ来た。」

と足立は年長の青年らしく言って、机の上に置いてある菓子の袋を勧めた。

「菅君、やりたまえな。」

と一人の同級生は袋の口を菅の方へも向けてもてなし顔に言った。

「あみだっていうと、いつでも僕の番に当たるんだ。」とほかの同級生がわざとくやしそうに言う。

「君が買って来たんか。」

と捨吉も笑って、皆といっしょに馳走《ちそう》の菓子を頰張《ほおば》った。

窓の外は運動場に面した廊下で時々そこを通う下の組の生徒もある。するすると柱づたいに上層《うえ》の廊下の方から降りて来るものもある。いくらか引っ込んでいるだけに静かな窓のところへ菅は腰掛けて、

「岸本君、君に見せようと思って持って来たよ。」

とふろしき包みの中から一冊の洋書を取り出して見せた。

「買ったね。」

思わず捨吉はほほえんでうれしげな友だちの顔を見た。ダンテの『神曲』(2)の英訳本だ。捨吉は友だちの前でその黒ずんだ緑色の表紙をいっしょにながめて、扉《とびら》をあけて行くと、『神曲』の第一ページがそこへ出て来た。長い詩の句の古典らしく並んだのが二人の目

を引いた。

「まだ読んでみないんだが、ちょっとあけたばかりでもなんだか違うような気がするね。」と菅は濃い眉を動かして、「たぶん、君の買ったのと同じだろう。」

「表紙の色が違うだけだ。」

と捨吉は答えてそれを足立にも見せた。若い額はその本に集まった。

ほかに同級生はいても、特別の親しみがこの部屋へ来ると捨吉の身に感ぜられる。友だちの読む書籍《ほん》は彼も読み、彼の読む書籍《ほん》は友だちも読んだ。話せば話すほど引き出されて行く。あとからあとから何かわいて来る。時には、どうしてあんなことが言えたろうと、互いに話し合ったことをあとで考えてみて、ビックリすることさえもある。

足立が前に言ったことは、ふと捨吉の胸を通り過ぎた。「なぜ、君はあんなに一時黙っていたんだ、(3)」と足立が尋ねたが、そう直截《ちょくせつ》に言ってくれるものはこの友だちのほかにない。捨吉はその時の答えをもう一度捜してみた。「僕は自分の言うことが気に入らなくなって来た……一時はもうだれにも口をきくまいと思った……そうするとひとり言を始めた、往来を歩いていても何か言うようになった……とても沈黙を守るなんてことはできない……」

あの時、足立は快活な声で笑った。そしてこんなことを言った。「なにしろ岸本にも驚くよ。せっかくあんなに書いた物を焼いてしまうなんて男だからねえ。」

目の前にあることと済んでしまったこととが妙にまざり合った。捨吉は足立や菅といっしょにいて、一人の友だちの左から分けた髪が目についたり、一人の友だちの黒い羽織の色や袴《はかま》の縞《しま》なぞが目についたりした。どこまでが「今」の瞬間で、どこまでが過ぎ去ったことだか、その差別をつけかねた。

ひげの赤い舎監が部屋の扉《と》をあけて見回りに来た。第四学年となってからは舎監も皆のするようにさせて、しいて寄宿の規則なぞをやかましく言わない。以前はこわい顔をしていた人が心やすい笑顔をさえ見せ、友だちでも呼ぶような調子で「足立君」とか「菅君」とか呼ぶようになった。

「残り物ですがいかがです。」

一人の同級生は菓子の袋を裂いて舎監の前に置いた。

「それじゃ一つごちそうになるかナ。」

と舎監は手をもんだ。

軍人あがりのこの舎監は体操の教師をも兼ねていた。部屋の中央にある机のそばに立って、足立たちの使う教科書や字書をながめた目を窓の外へ移し、毎日毎日塵埃《ほこり》になって器械体操なぞを教える広い運動場の方をながめながら、

「秋らしくなったネ。西南戦争を思い出すナ……。」

と粗いひげをひねりひねり言った。

捨吉は窓に近く造りつけてある書架《ほんだな》の前へ行って立ってみた。何げなく足立の蔵書をのぞくと若い明治の代に翻刻されたばかりの『一代女』(4)が入れてある。古い珍本から模刻したというそのさし絵のめずらしい元禄風俗や、髪の形や、丸みをもった袖《そで》や、束髪《そくはつ》なぞのはやって来た時世にあって考えると不思議なほどかけはなれている寛濶《かんかつ》で悠暢《ゆうちょう》な昔の男女の姿や、それからあのみなのほめる〇〇(5)の多い西鶴《さいかく》の文章は捨吉も争って買って来てあけて見たものだ。なんという汚れた書《ほん》だろう。そう考えた彼は『一代女』を引き裂いて捨てた話をして、ひどく足立には笑われた。それらのことがいっしょになって胸の中を往来した。

捨吉は人知れず自分のばからしい性質をはじずにはいられなかった。なぜというに神聖な旧約全書の中からなるべく猥褻《わいせつ》な部分を拾ってさかんに読んでみた男もそういう自分だから……

舎監は部屋を出て行った。自修時間も終わるころだ。待ち構えていた下級の生徒らは一斉に寄宿舎を飛び出した。広い運動場ではベース・ボールの練習も始まった。捨吉が菅といっしょに窓から外の廊下へ出ると、続いて一人の同級生もてすりのところへ来てながめた。遠慮がちに普通学部の生徒のそばを通って郊外の空気を吸いに出る神学生も見える。えらい人たちだと思った年長《としうえ》の青年で学校へ遊びに来た卒業生も見える。赤い着物を着せた子供の手を引きながら新築した図書館の建物のそばを歩いて行くアメリカ人の教授の夫人も見える。

ふと繁子の名がめずらしく捨吉の耳にはいった。しかも思いも寄らない同級生の口から、

「Bもだめだよ、いくら豪傑を気取ったって――」

とその同級生が言った。Bとは三年ばかり前の卒業生の一人だ。

「しかし君。いいじゃないか、男と女が交際したって。」と捨吉は何げなく言ってみようとしたが、口には出さなかった。

「なんでもS先生の細君の取り持ちだそうだ――」同級生はミッション・スクウルふうの男女交際にも、今までの習慣にない婚約ということにもいっさい反対の語気で言った。

次第に遠くなって行った繁子がBとの婚約のうわさは妙に捨吉の胸を騒がせた。もう一度彼女は捨吉の方を振り返ってみて、若かった日のことをことごとく葬ろうとするような最後の一瞥《いちべつ》を投げ与えたように思わせた。

運動場であるベース・ボールの練習も、空を飛ぶ球《たま》の動きも、廊下から見物するものをじきに飽きさせた。みなじっとしていられなかった。何か動くことを思った。けたたましく一つの部屋の戸をあけてまた他の部屋の方へ歓呼を揚げながら廊下を駆け抜けるものもある。

「菅君。」

と捨吉は友だちの名を呼んでみて、そのそばへ行ってちょっと口笛を吹いた。

「なんだい、いやに人をジロジロ見るじゃないか。」と菅は笑った。

「君、ボクシングでもして遊ぼうか。」

捨吉はそんなことを思い付いて、皆が休息と遊戯を楽しむ中で、おとなしい友だちを向こうへ回した。

「どうしようと言うんだ。」

「突きッくらをやるんサ——二人で。」

「岸本なんかに負けてたまるもんか。」

菅は「よし来た」というふうに身構えた。両方のこぶしを堅く握り締めた。

「いいか、君、突くぜ。」

「笑わせるからいかんよ。」

「君が笑うからだめだ。」

「だって、ヒドイ顔をするんだもの。」

捨吉は右の足を後ろへ引き、下くちびるをかみしめ、両腕に力をこめながら、友だちのこぶしの骨も折れよとばかり突撃して行った。菅も突き返した。

「まだ勝負がつかないじゃないか。」

「もう御免だ。こんなに手があかくなっちゃった――」

楽しい笑い声が窓の内外に起こった。

菅が築地をさして帰ろうと言いかけたころは足立も捨吉も窓のところからいっしょに秋らしい空を望んだ。どうかすると三人で腰掛けて日暮れ方の時を楽しむのもその窓のところだ。向こうの教室の側面にある赤煉瓦《あかれんが》の煙筒《えんとう》も、それから人間が立つかのように立っている記念樹も暮れて来て、三棟《むね》並んだアメリカ人の教授たちの家族が住む西洋館にはやがてチラチラ燈火《あかり》のつくころまでも。


神は何ゆえにかく不思議な世界を造ったろう。何ゆえにあるものを美しくし、あるものをことさら醜くしたろう。何ゆえにすずめのそばに鷹《たか》を置き、羊のそばにおおかみを置き、かえるのかたわらに蛇を置き、鶏のかたわらにいたちを置いたろう。何ゆえに平和な神の教会にまではてしなき暗闘を賦与し、富める長老と貧しい執事とを争わすだろう。

捨吉はかく思い沈んだ。

姦淫《かんいん》するなかれ、処女《おとめ》を侵すなかれ、嫂《あによめ》を盗むなかれ、そのほかいっさいの不徳はエホバの神の誡《いまし》むるところである。バイロン(6)の一生は到底神の嘉納《よみ》するものとも思われない。イギリスの詩人がイタリーへ遊んだ時、ヴェニスの町で年ごろな娘をもった家の母親はあの美貌《びぼう》で放縦《ほうじゅう》な人を見せまいとして窓をしめたというではないか。それにしても、万物を悲観するようなバイロンの詩がどうしてこう自分の心を魅するだろう。あの魅力は何だろう。たとい彼の操行は牧師たちの顔をしかめるほど汚れたものであるにもせよ、あの芸術が美しくないとはどうして言えよう。

こうまた考えないわけにいかなかった。

捨吉にはもう一つ足の向く窓がある。新しく構内にできた赤煉瓦の建物は、一部は神学部の教室で、一部は学校の図書館になっていた。まだペンキの香《におい》のするはしご段を上って行って二階の部屋へ出ると、そこにたくさん並べた書架《ほんだな》がある。一段高いところに書籍《ほん》の掛りもいる。時には歴史科を受け持つ頭のはげたアメリカ人の教授が主任のライブラリアンとして見回りに来る。書架《ほんだな》で囲われた明るい窓のところには小さな机が置いてある。そこへも捨吉は好きな書籍《ほん》を借りて行って腰掛けた。

寄宿舎から見るとは方角の違った学校の構内のさまがその窓の外にあった。一日は一日と変わって行く秋の空がそこから見えた。

窓の日あたりをながめていると、捨吉の心は田辺のおじさんの方へ行った。どうかして捨吉の気を引き立てようとしているおじさんが「貴様も見よ」と言って案内してくれた秋の興行の芝居が目に浮かぶ。暗い板敷きの廊下がある。おおぜいの盛装した下町ふうの娘たちが互いに手を引きつれて行ったり来たりしている。芝居の出方《でかた》でその間を通う男の挨拶《あいさつ》するのを見ても、おじさんの顔の売れていることが知れる。廊下ののれんの間から舞台の方の幕の動くのも見える。樽屋《たるや》のおばさんの娘をそういうのれんのかげに見つけるのはちょうど潮水の中に海の魚を置くほど似合わしくもある。

二階のうずらにはまた狭い桟敷《さじき》がある。樽屋のおばさんものぞきに来る。てすりによりかかって見ている弘もある。そこへおじさんの太ったからだがはいると皆ひざとひざを突き合わせた。

「捨吉、あの向こうがおじさんの領分だ。」

とおじさんは舞台の正面に向かった高い桟敷をさして見せて、土間《どま》にも幾桝《いくます》か買っておいたところがある、そこは出方に貸し付けてあるなぞと話し聞かせてくれた。

おじさんは用事ありげに桟敷を離れたりまたのぞきに来たりした。茶屋の若いものが用を聞きに来ると、おじさんは捨吉の方を見て、

「どうぞたくさんごちそうしてやってください。」

と微笑《えみ》を含んで言った。

日の暮れないうちから芝居小屋の内部《なか》には燈火《あかり》がつく。桟敷の扉《と》を漏れる空の薄明りが夢のような思いをさせる。鼻液《はな》をかむ音、物食う音、ひそひそ話す声、時々見物を制する声にまじって、御簾《みす》のさがった高い一角からは三味線《しゃみせん》の音が聞こえて来る。浄瑠璃《じょうるり》の調子に合わせて、舞台の上の人はあやつられるように手足を動かしたり、しなやかな姿勢をしたりした。どうかすると花やかな幕が開けた。人形のように白い顔をした若い男と女とが舞台の上にあらわれて、背中と背中とをふれ合わせたり、婉曲《えんきょく》に顔を見合わせたり、襦袢《じゅばん》の袖《そで》をぬらしたりした。

「成駒屋《なりこまや》。」

うなるような見物の大向こうからかける声が耳の底にある。

麦畑の中で熱い接吻《せっぷん》をかわすという英詩の文句(8)が岸本の眼前には開けてあった。それは学校の図書館の本でイギリスの詩人バアンスの評伝中に引いてある一節であった。岸

本は不思議な感じに打たれた。あのイギリスの詩人の書いたものに自分はこれほどの親しみをもつことができて、見たこともないスコットランドあたりの若い百姓がなんとなくそこいらにころがっているような気持ちをさせるのに、どうして自分の国の芝居小屋で舞台の上に見て来たことがこんなに自分の心を暗くするであろうかと。岸本はおじさんがわざわざ案内してくれた芝居からは反《かえ》って沈んだ心持ちを受けて来た。

芝居を見物した日は夕方から雨になった。桟敷にいて雨の降るのを聞きつけた時は、楽しいようで妙にさびしかった。気味の悪いほど暗い舞台の後ろの方からだしぬけに出て来る悪党の顔や、死を余儀なくされる場合のほかには悔悟することも知らないような人の心や、目のくらむような無法な暗殺の幕は、どうかすると見物半ばに逃げて帰りたいような気を起こさせた。芝居のはねたころは雨がまだ降っていた。茶屋の若い者は番《ばん》傘《がさ》を運んで来たり、弘を背中に乗せて走ったりした。

「どうして成駒屋の人気と来たらたいしたものだ。しかし先代の若い時はもっと人気があった。娘が幾人《いくたり》身を投げたか知れない。芝居のはねる時分には裏門の前あたりは人で通れなかったくらいだ。そうしてみんな役者を見に来たものだ。」

とおじさんは話してくれた。芝居見物と言えばきまりであとに残る名のつけようのないほど心細いいやな心持ちの幾日《いくか》も幾日も続いて離れないことは、よけいに捨吉をいらいらさせた。目の玉のとび出たような役者の似顔絵、それから田辺のねえさんの枕もとによく置いてあったみだらな感じのする田舎源氏《いなかげんじ》(9)の連想なぞは妙に捨吉には悩ましいものであった。

もっともっと胸一ぱいになるようなものをほしい。そう思って見ると、堤を切ってあふれて行くような『チャイルド・ハロルド』の巡礼なぞの方に、捨吉は深く心を引かれるものを見つけた。青い麦の香《におい》を嗅《か》ぐようなバアンスの接吻の歌も、自分の国の評判な俳優《やくしゃ》が見せてくれる(10)濡幕《ぬれまく》にもまさっていっそう身に近い親しみを覚えさせた。彼はまた詩人ギョエテの書いたものを通して、まだ知らなかったような大きな世界のあることを想像し始めた。

十一月も近くなって、岸本は兄から来たはがきを受け取った。

「国もとより母上上京(11)につき、明土曜日には帰宅あれ。母上はお前を待つ。もっとも今回はそう長く滞在してもおられないはずだ。」とある。

「おっかさんが来た。」

思わずそれを言ってみた。――国の方のことも捨吉はもはやだいぶ忘れてしまったくらいだ。おっかさんといっしょに田舎で留守居するねえさんや、一人の家僕《ぼく》なぞのことがわずかに少年の記憶をたどらせる。思えば東京へ遊学を命ぜられて大都会を見ることを楽しみに、兄に連れられて出て来た幼かった日──(12)

捨吉はしばらくおっかさんへ手紙も書かなかった。おっかさんからのは、いつもねえさんの代筆で、無事で勉強しているか、こちらもみんな変わりなく留守居をしている、はばかりながら御安心くださいというような便りを読むたびに、捨吉は何と言って返事を書いていいのか、それすらわからないほど国の方のことは遠くぼんやりとしてしまった。彼はどういう言葉を用意して行っておっかさんに会っていいかもわからなかった。

土曜日の午後から、捨吉はおっかさんの突然な上京を不思議に考えつつ寄宿舎を出た。秋雨《あきさめ》あがりで体操もろくにできないような道の悪い学校の運動場を見ると、寒い田舎の方へははや霜が来るかと思わせた。取りあえず伊皿子坂で馬車に乗って、新橋からは鉄道馬車に乗り換えて行った。

田辺の家へ寄ってみると、台所に光る大きな黒竈《くろへっつい》の銅壺《どうこ》のそばで、おばあさんがまず笑顔を見せた。

「捨さん、おっかさんが出ていらしったよ。」とねえさんも奥座敷にいてめずらしそうに言った。「長いことそれでも吾家《うち》ではお前さんを世話したものだ、」と目で言わせて。

夏の間のような低気圧が田辺の家には感じられなかった。二階に身を寄せていた玉木さん夫婦も、もう見えなかった。ねえさんは壮健《じょうぶ》そうになったばかりでなく、晴れ晴れとした目つきで玉木さんたちのうわさをした後に、めったに口にしたことのない仮白《こわいろ》なぞをつかうほどきげんがよかった。

「ひじきと煮しめの総菜じゃ、ろくな知恵も出めえ——」

ねえさんまでおじさんの成田屋張りにかぶれて、そんなことを言うようになった。

「捨さん、お前さんは何をぐずぐずしてるんだねえ。早くおっかさんにお目にかかりにおいでな。」

とおばあさんはせき立てるように言った。

民助兄は大川ばたの下宿の方で、おっかさんといっしょに岸本を待ち受けていてくれた。障子のはめガラスを通して隅田川の見える二階座敷で、親子は実に何年ぶりかの顔を合わせた。

六

「おっかさん、もう少しお休みなさい。まだ起きるには早うござんす。」

と、兄は寝床から声をかけた。

「あい。」

と、おっかさんも寝返りを打ちながら答えた。

早起きの兄も、郷里《くに》の方から出て来たおっかさんを休ませるために、床を離れずにいる様子であった。このおっかさんと兄とのそばで、親子三人めずらしく枕を並べて寝た大川ばたの下宿の二階座敷で、捨吉も目をさました。本所《ほんじょ》か深川《ふかがわ》の方の工場の笛が、あだかも眠りからさめかけようとする町々を呼び起こすかのように、朝の空に鳴り響いた。捨吉は半分夢ごこちで、その音を聞いていた。過ぐる十年の長い月日の間、「おっかさん」と呼んでみる機会もほとんどもたなかったその人のそばで。その人の乳房《ちぶさ》を吸い、その人にいだかれて寝た少年の日も遠い昔の夢のように。

ややしばらくして、また兄が言った。

「おっかさん。もう少しお休みになったらどうです。ゆうべはまたあんなにおそかったんですから。」

「田舎者《いなかもの》は、お前、たまに東京などへ出て来ると、よく寝られずか。車の音がもう終宵《よっぴて》耳についてて。」

こんなことを言って、おっかさんははや起き出した。

他人に仕えるいっさいの行ないが奉公なら、捨吉の奉公は彼がごく幼いころから始まった。大都会を見るのを楽しみに、九つの年に両親のひざもとを離れて来た日から、すでにその奉公が始まった。上京して一年ばかりは姉の夫(1)の家の世話になり、そこから小学校に通ったが、姉夫婦の帰国後は全く他人の中に育てられたのである。兄らのはからいで、田辺の家に少年の身を寄せるようになってからも、注意深い家族の人たちの監督を受け、学問するかたわら都会の行儀作法を見習い、言葉づかいを覚え、田辺のおじさんやねえさんやそれからおばあさんに仕えることを自分の修業と心得て来た。そのころ、兄はまだ郷里の方で、彼のもとへ手紙を寄せ、家計もなかなか楽ではないぞ、その中で貴様に学問させるのだから貴様もそのつもりでシッカリやってくれとよく言ってよこした。子供心にも彼は感激の涙なしにそういう手紙を読めなかった。艱難《かんなん》も、不自由も、彼にはそれが当然のことのように思われた。どうかして人のきげんをそこねないように、そして自分を幸福にするように、とは一日も彼の念頭を離れなかった。多くの他の少年が親のひざもとでのみ許されるようなわがままは全く彼の知らないものであった。まだそれでもおとっさんの生きているうちは、根気よく手紙をくれて、少年の心得になるようなことや、いろいろな郷里《くに》の方のことや、どうかすると嫂《あによめ》が懐妊したから喜べというような家庭の中のことまで、よく書いてよこしてくれた。おとっさんがなくなったことを聞いたのは、彼が十三の年であった。おとっさんの最終にくれた手紙には、古歌なぞに寄せて、子を思う熱い親の情《こころ》が書きこめてあったが、それからはもう郷里の方のこまかい事情を知らせてよこしてくれる人もなくなった。おっかさんからも遠くなった。ようやく物心づく年ごろになって、彼は一年ばかりも郷里の方のおっかさんのそばにいて来てみたいと言い出したことがある。「貴様も妙なことを考えるやつだ」と田辺のおじさんから笑われたことがある。どうも自分の性質はひねくれるような気がしてしかたがないと言ってみて、「ばか、学問を中途でやめて親のそばにいて来るというやつがあるものか。」とまたおじさんからひどく笑われたことがある。捨吉がおっかさんのそばにでもいて来てみたいなぞと言い出したのは、あとにも先にもその一度きりであったが。

それほど捨吉はおっかさんから遠かった。おとっさんがなくなったことを聞いた時すら、帰国はかなわなかった。ただ一度——郷里の方で留守居するおっかさんや嫂を見に帰って行ったことがある。その時は兄の代理として、祖母《おばあ》さんのお送葬《とむらい》(2)をするために出かけたことがある。それぎりだ。すべては彼の境涯が許さなかった。

おっかさんは隅田川の見える窓に近く行って、東の方の空を拝んだ。毎朝欠かしたこともないように軽く柏手《かしわで》を打って、信心深い目つきで祈願をこめるそのすがたを、捨吉は久しぶりで見た。何か心配あっての上京とは、おっかさんを見た時いちばん先に捨吉の胸へ来た。単独な女の旅という事も思い合わされた。長い留守居で、おっかさんも年をとった。朝になって見てよけいにそれが捨吉の目についた。深い谿谷《たにあい》の空気にもまれたおっかさんの頬《ほお》の皮膚の色は捨吉が子供の時分に見たまま、まだりんごのようなつやつやとしたあかみも失われずにあったが。

あたりは下町らしいにぎやかな朝の声で満たされた。納豆《なっとう》売りの呼び声も、豆腐屋のラッパも、おっかさんの耳にはめずらしいもののようであった。おっかさんは田舎ふうの黒ラシャのトンビを引きよせ、部屋にいてもそれを引っ掛けて、寒い国から東京へ出て来たという様子をしていた。兄は何かにつけておっかさんに安心を与えようとするふうで、その昔県会議員などをした人とも思われないほどめっきり商人らしくなった前だれ掛けのひざをすすめ、長火鉢《ながひばち》のそばでおっかさんにも弟にも手ずから朝茶をついで勧めた。

「おかげでまあ大勝の大将には信用されるようになりましたし、浜には取り引きができますし、田辺とはほとんど兄弟のようにして行ったり来たりしていますし……これまでに取り付くというだけでも、なかなか容易ではなかったんです。」

こう兄はおっかさんに言って、例の咳払《せきばら》いを連発させた。田舎の炉ばたで灰をかきならすと同じ手つきでおっかさんは兄と向かい合った長火鉢の灰を丁寧にかきならしながら、郷里の方に残して置いて来た嫂や、孫娘や、年とった正直な家僕《ぼく》のうわさをした。おっかさんと兄との間には、捨吉なぞのよく知らない話もまじって出て来た。まだ世間見ずの捨吉にも、それが兄の借財についてであることは、容易に感知することができた。

「何か捨吉のとこへも持って来たいとは思ったが、みやげ一つ用意する暇もあらずか。ほんとに今度はどこへも内証の旅だで。」

と、おっかさんは捨吉の方を見て言った。

「今織りかけた機《はた》があるで、そのうちに届けるわい。」

と付けたした。

食後に兄はいそがしそうな様子で、

「ちょっと私は大将のところまで行って来ます。ほかにも用たしに回って来るかも知れません。捨吉、きょうはゆっくりしてもよかろう。正午《ひる》までにおれも帰って来る。」

「あのゆうべの話はお前に頼んだぞい。」とおっかさんが言った。

「承知しました。おっかさん、それじゃお話しなすってください。」

「あい、そうかい。」とおっかさんは立って見送った。

兄は出て行った。おっかさんは部屋に置いてある箪笥《たんす》の前を歩いてみたり、兄の机の上などを見回したりして、

「まあ、おれも出て来て見て、これでやっと安心した。」

とさもため息をつくように言った。久しぶりで兄の咳払いを聞いただけでも、おっかさんは安心したらしい様子であった。やがて捨吉のそばへ来て、兄のいるところではしなかったような話を始めた。おっかさんは子供の時の面影でも捜すように捨吉の顔を見ながらその話をした。

「なかなか郷里《くに》の方も口うるさいぞい。」とおっかさんが言った。「あんまりお留守居が長くなるもんだで、皆でいろいろなことを言う。やれ岸本の姉さまはかわいそうだの、兄さまは東京の方で女を囲って置かっせるだの、子まであるそうな、そんなことまでお前、皆で言い触らす。おれも黙って聞いてはいられんじゃないかや。『おあき(嫂の名)、心配するない、おれが東京へ行って見て来るで。』――そう言って、急に思い立って来たわのい。寒い日だったぞや。国を出る時はもうお前、霜がまっ白。峠の吉右衛門《きちえもん》も心配して、『姉さま、こんな日に行かっせるかなし、名古屋まで用があるで、そいじゃ途中まで送って行ってやらず、』――そう言って、吉右衛門が送って来てくれた。まあおれも出て来て見て、これでやっと安心した。おあきを兄さまに渡すまでは、おれの役目

が済まないで。どうしてお前、国でもみんな一生懸命よのい、おれもお前たちのために神様へ願掛けして、どうかして兄さまもよくやってくださるように、捨吉も無事でおりますように、毎日そう言って拝んでいる。どんなに心配しているか知れないぞや……」

眼前の事物にほとほと興味を失いかけていた捨吉がおっかさんの話を聞いてみた時の心持ちは、しょせん説き明かすことのできないものであった。ただそれは感じ得られるような性質のものであった。そしてそれを感ずれば感ずるほど、よけいにすべてが心に驚かれることばかりのようであった。はかない少年の夢が破れて行った日から、彼はほとんど自分一人に生きようとした。寂しい暗い道を黙しがちにたどって来た。彼はかつて自分がキリスト教会で洗礼を受けたということまで、このおっかさんに告げ知らせようともしなかった。これほど自分のために心配していてくれるおっかさんのような人があることさえも忘れがちに暮らして来た。

何年も捨吉が思い出さなかったなつかしい国の言葉のなまりや、忘れていた人たちの名前が、おっかさんの口から引き継ぎ引き継ぎ出て来た。おっかさんは捨吉から送った写真のことを言い出して、

「あの写真をよこしてくれた時は、皆大騒ぎよのい。吉田屋《よしだや》の姉さま、おりつおばさままで来てて、『あれ、これが捨様《すてさま》かなし、そいったってもまあ、こんなに大きくなっせいたかなし、』なんてそう仰《お》ッせて……」

少年の時分からよく見覚えのある、おっかさんの左の目の上の大きなほくろ。それを見ていると、どうかすると捨吉はおっかさんの話すことを聞いていながら、心は遠く故郷の山林の方へ行った。彼の心は何年となく思い出しもしなかった遠い山のかなたにきつね火の燃える子供の時の空の方へ帰って行った。山にはおおかみの話が残り、畑にはむじなやたぬきがあらわれ、禽獣《とりけもの》の世界と接近していたような不思議な山村の生活の方へ帰って行った。あかあかと燃えるたき火のそばで、焼きたての熱いそば餅に大根おろしを添えて、みんなでいっしょに食う事を楽しみにした広い炉ばたの方へ帰って行った。いっしょに榎《えのき》の実を集めたり、時には橿鳥《かしどり》の落として行った青い斑《ふ》のはいった羽を拾ったりした少年時代の遊び友だちのそばへ帰って行った。「オバコ」という草なぞを採って、その葉の繊維に糸を通して、機《はた》を織る子供らしいまねをした隣りの家の娘のそばへ帰って行った。その娘の腕まくり、すそからげで、子供らしいとき色の腰巻まで出して、いっしょに石の間に隠れている鰍《かじか》を追い回した細い谷川の方へ帰って行った。生まれて初めて女というものに子供らしい情熱を感じたその娘といっしょに、よく青い蔕《へた》の付いた実の落ちたのを拾って歩いた裏庭の土蔵の前の柿の木の下の方へ帰って行った。「わたし」と言うかわりに女でも「おれ」と言い、「捨さん」と呼ぶかわりに「捨さま」と呼ぶような、子供の時分から聞き慣れたなつかしい言葉の話される世界の方へ帰って行った。そこでは絶えず自分のことがうわさに上りつつあるというに、しかも自分の方ではめったに思い出しもしなかった古いなじみの人たちのそばへめずらしく帰って行った。

兄は用たしから帰って来た。午後からおっかさんは田辺の家をたずねるはずであった。「捨吉、貴様はおっかさんのお供をしろや。」と兄は言った。「時間が来たら貴様は学校の方へ帰るがいい。どうせ田辺には会う用があるし、大勝の大将から頼まれて来た言づてもあるし、おれはあとから出かける。」

「それじゃ、捨吉に連れてってもらわず。」

とおっかさんも言った。年はとっても、おっかさんのからだはよく動いた。捨吉の見ている前で、髪をなでつけたり自分で織ったよそゆきの羽織に着かえたりして、いそいそとしたくした。田辺の訪問はおっかさんにとって無造作に済ませることでもないらしかった。

おっかさんのお供で捨吉は兄の下宿を出た。屋外《そと》はすぐ大橋寄りの浜町《はまちょう》の河岸《かし》だ。もう十月の末らしい隅田川を右にして、夏じゅうよく泳ぎに来た水泳場の付近にはぜ釣りの連中の集まるのを見ながら、おっかさんと二人並んで歩いて行くというだけでも、捨吉には別の心持ちを起こさせた。河岸の氷室《こおりむろ》について折れ曲がったところに、細い閑静な横町がある。そこは釣り好きな田辺のおじさんが忙しい中でもわずかな暇を見つけて、よく釣りざおをさげて息抜きに通う道だ。捨吉は自分でも好きなその道を取って、田辺の家の方へおっかさんを案内して行った。

田辺は全盛に向かおうとする時であった。板べい越しに屋敷の外で聞いた井戸の水くみの音まで威勢がよかった。おじさんが交際する大勝一族《いちまき》のお店《たな》の旦那衆《だんなしゅう》をはじめ、芝居の替わり目ごとに新番付を配りに来る茶屋の若い者のようなそういう人たちまでさかんに出入りする門の戸をあけると、一方は玄関先の格子戸、一方は勝手の入り口に続いている。捨吉は勝手の入り口の方からおっかさんを案内しようとして、ちょうどそこで河岸の樽屋《たるや》の娘に会った。捨吉が学校から戻って来るたびによく見かけるのはこの娘だ。娘は捨吉親子に会釈して表の方へ出て行った。

「さあ、おっかさん、どうぞおあがんなすってください。」

と田辺のおばあさんはいち早く竈《かまど》のそばまで飛んで出て来た。

「捨さん、お前さんもまた玄関の方から御案内すればいいのに。」

と田辺のねえさんもそこへ出て来て、半ば遠来の客をもてなし顔に、半ば捨吉をしかるように言った。

「お待ち申していました。」

とおじさんまで立って来て、おっかさんを迎えた。

田辺のおばあさんのなくなった連合《つれあい》という人と、捨吉のおとっさんとは、むかし歌の上の友だちであったとか。幾年か前には、おとっさんは捨吉を見るために一度上京したことがあって、田辺の家のいちばん苦しい時代に尋ねて来た。おっかさんはまた、田辺の家の人たちのいちばん見てもらいたいと思うような日にたずねて来たのであった。奥座敷で起こるにぎやかな笑い声を聞き捨てて、捨吉は玄関の方へ取次に出た。大勝の店に奉公する若いものの一人が旦那《だんな》の使いに来た。新どんと言って、いくらか旦那の遠い縁つづきに当たるとかで、お店者《たなもの》らしく丁寧な口のききようをする人であった。この取次を機会《しお》に、捨吉はおばあさんやねえさんとおっかさんとの間にとりかわされる女どうしの改まったような挨拶《あいさつ》を避けて、玄関を歩いてみた。ごくわずかな暇があっても、捨吉の足を引きとめるのはその玄関の片すみだ。もしおっかさんが学問のことのわかるような人であったら、何よりも捨吉が見せたいと思うものは、そこにあった。彼はそこにある自分の本箱の中に、湖十《こじゅう》の編纂《へんさん》した芭蕉《ばしょう》の一葉集《いちようしゅう》、(3)高輪の浅見先生に聞いてある古本屋から捜し出して来た西行の選集抄《さいぎょうせんじゅうしょう》、(4)その他日ごろ愛読する和漢の書籍をしまっておいた。それらは貧しい中から苦心してあつめたもので、兄からもらったこづかいで買った其角《きかく》の五元集《ごげんしゅう》、(5)支考《しこう》の俳諧《はいかい》十論(6)などの古い和本も入れてある。郷里の方の祖母《おばあ》さんがなくなって葬式に行った時に、父ののこした蔵書の中から見つけて来た黄山谷《こうさんこく》(7)の詩集もある。捨吉はこうした和書や漢書の類を田辺の家の方に置き、洋書はおもに学校の寄宿舎の方に持って行って置いた。

「捨吉。」

と奥座敷の方で呼ぶおじさんの高い声が聞こえた。

捨吉がまたおじさんたちの中へ行ってみたところは、弘までねえさんのそばによりかかって、めずらしそうに捨吉のおっかさんの方を見ていた。

「捨さん、なんだねえ。玄関の方なぞに引っ込んでいないで、ちっとおっかさんのそばにでもすわっておいでな。」

とおばあさんが言った。

「ほんとだよ。」とねえさんも調子を合わせた。「おっかさんの首ッ玉へでもかじり付いてやればいいいんだ。」

才気をもったねえさんは捨吉の腹の底をえぐるようなことを言った。ねえさんは半分冗談のようにそれを言ったが、思わず捨吉は顔をあかめた。

「どうです、おっかさん。」とおじさんは例の調子で快活に笑って、「捨吉も大きくなったものでしょう。」

「捨さんも、どちらかと言えば小柄《こがら》な方でしたのに、この二、三年このかた急にあんなに大きくなりました。」とねえさんも言葉を添えた。

おっかさんはつつましやかな調子で、「ほんとに、これと申すも皆田辺様のおかげだで。ありがたいことだぞや——そう申してなし、郷里《くに》の方でも言い暮らしておりますわい。何から何までお世話さまになって、この御恩を忘れるようなことじゃ、捨吉もダチカン(8)で。」

交際じょうずな田辺の人たちはやがてこのおっかさんを打ち解けさせずにはおかなかった。おばあさんは国の方にいる捨吉の姉のうわさをしきりとして、姉が一度上京したおりの話なぞをおっかさんの口から引き出した。

「彼女《あれ》が出てまいった時よなし。」とおっかさんは思い出したように言った。「捨吉をどこぞへいっしょに連れてまいりましたそうな。その時捨吉が彼女《あれ》にそう申したげな。こうしてねえさんといっしょに歩いていても、どこかよその家のおばさんとでも歩いているような気がするッて。彼女《あれ》が郷里《くに》の方へ帰ってまいって、その話よなし。ほんとに、同じ姉弟《きょうだい》でも長く会わずにいたら、そんな気がしませず……」

おっかさんの言い出した話は、それが国の方の姉のうわさであるのか、自分のやるせない述懐であるのか、よくわからないような調子に聞こえた。

「よその家のおばさんはよかった。」とおじさんも目を細くして笑い出した。

捨吉はそこに集まっている皆の話の的《まと》になった。おじさんの笑った目からはいつのまにか涙が流れて来た。兄の下宿の方ではそれほどに思わなかった捨吉も、田辺の家の人たちの前におっかさんを連れて来て見て、不思議な親子の邂逅《めぐりあい》を感知した。

七

田辺の家の周囲《まわり》にある年の若い人たちはずんずん延びて行くさかりの時に当たっていた。捨吉が学校の寄宿舎の方から帰って来て見るたびに、自分と同じように急に延びて来た背《せい》を、急に大きくなった手や足を、そこにも、ここにも見つけることができるようになった。大勝のお店《たな》から田辺の家へよく使いに来る連中で、捨吉がなじみの顔ばかりでも、新《しん》どん、吉《きち》どん、寅《とら》どん、それから善《ぜん》どんなどを数えることができる。皆小僧小僧した様子をしてお店《たな》の方で働いていた、つい二、三年前までのことを覚えている捨吉の目には、あのませた口のききようをする色白な若者が、あれが新どんか、あの粗い髪を丁寧になでつけ額を光らせばかに腰の低いところは大将にそっくりな若者が、あれが吉どんか、と思われるほどで、割合に年少《としした》な善どんでさえもはや小僧とは言えないように角帯と前だれ掛けのお店者《たなもの》らしい風俗《なり》も似合って見えるようになって来た。皆そろって頭を持ち上げて来た。皆無邪気な少年からようやく青年に移りつつある時だ。なんとなくそよそよとした楽しい風がずっと将来《さき》の方から吹いて来るような気のする時だ。隠れた「成長」[1]は、そこにも、ここにも、捨吉の目について来た。

おっかさんに別れを告げて、捨吉は田辺の家を出た。学校の寄宿舎をさして通い慣れた道を帰って行く彼の心は、やがていっしょに生長《しとな》って行った年の若い人たちの中を帰って行く心であった。明治座の横手について軒を並べた芝居茶屋の前を見て通ると、俳優への贈り物かと見ゆる紅白の花の飾り台なぞが置かれ、二階には幕も引き回され、見物の送迎にいそがしそうな茶屋の若い者がはなやかな提燈《ちょうちん》の下を出たりはいったりしていた。田辺のおじさんばかりでなく、河岸《かし》の樽屋《たるや》までも関係するという新狂言の興行がまた始まっていた。久松橋にさしかかった。若い娘たちの延びて来たにはさらに驚かれる。あの髪をかつら下地にして踊りのけいこ仲間と手を引き合いながら河岸を歩いていた樽屋の娘が、いつのまにかおばさんのお供もなしにひとりで田辺の家へたずねて来て、結構母親の代理を勤めて行くほどの人になった。捨吉は人形町への曲がり角まで歩いた。そこまで行くと、大勝も遠くはなかった。あの御隠居さんのいる商家の奥座敷でういういしい手つきをしながらよく菓子などを包んで捨吉にくれた大勝の大将の娘が、もはや見違えるほどの姉さんらしい人だ。たまに捨吉がおじさんの使いとしてたずねて行って見ると、もう結い替えた髪のかたちをはじらうほどの人になった。そろいもそろって皆急激に成長《しとな》って来た。春先の筍《たけのこ》のようなこの勢いは自分の生きたいと思う方へ捨吉の心を競い立たせた。

その日は、捨吉は芳町《よしちょう》から荒布橋《あらめばし》へと取って、おっかさんに別れて来た時のことを胸に浮かべながら歩いて行った。捨吉兄弟のことを心配して女の一人旅を思い立って来たというおっかさんが、やがてまたひとりで郷里《くに》の谿谷《たにあい》の方へ帰って行くことも思われた。何一つ捨吉はおっかさんを喜ばせるようなことも言い得なかった。かつては快活な少年であった彼が、身につけることを得意としたいっさいの流行《はやり》の服装を脱ぎ捨て、もとの友だち仲間からも離れ、どうしてそんなにひとりで心を苦しめるようになって行ったかということは、おじさんも知らなければ、兄ですら知らなかった。まして長いこと会わずにいたおっかさんがなんにも知ろうはずがなかった。別れぎわに、おっかさんは物足らず思う顔つきで、おじさんたちのいる奥座敷から勝手の板の間を回って、玄関に掲《か》げてある額の下まで捨吉について来たが、彼の方ではただ素気《すげ》なく別れを告げて来た。

しかしおっかさんの言ったことは、ことに別れぎわに、「月に一度ぐらいはお前も手紙をよこしてくれよ」と言ったあのおっかさんの言葉は捨吉の耳に残った。自分のかたくなを、なおざりを、極端から極端へ飛んで行ってしまう自分の性質をはじさせるような、いつにない柔らかな心持ちが残った。

もともと田辺のおじさんは、旧《ふる》い駅路の荒廃とともに住み慣れた故郷の森林を離れ、地方から家族を引き連れて来て都会に運命を開拓しようとした旧士族の一人だ。おじさんの周囲《まわり》にある人たちで旧《むかし》を守ろうとしたものはたいてい凋落《ちょうらく》してしまった。さもなければ遅ればせに実業に志したような人たちばかりだ。

「試みにおじさんの親戚《しんせき》を見よ。今の世の中は実業でなければだめだぞ。」

これはおじさんがいろいろな事で捨吉に教えて見せる出世の道であった。不思議にもアーメンぎらいなおじさんの家の親戚には、キリスト教に帰依した人たちがあって、しかもそれらの人たちは皆貧しかった。十年一日のように単純な信仰を守っている真勢さんは大勝の帳場で頭もあがらなかったし、伝道者をもって任ずる玉木さんのような人は夫婦しておじさんの家《うち》に食客同様の日を送った。おじさんの親戚にはまた郷里《くに》の方で人に知られた漢学者もあったが、その人のひげがまっ白になるころに親子して以前のおじさんの家の二階にわびしげな日を送っていたこともある。実際、おじさんの周囲にある人たちで、学問や宗教に心を寄せるものの悲惨《みじめ》さを証拠立てないものは無いかのようであった。哀しい青年の目ざめ。たれ一人、目上の人たちで捨吉のあせっている心を知ろうとするものもなかった。なんにも知らないでいるようなおっかさんに会って見て、彼はいつのまにか自分勝手な道をたどり始めたその恐怖《おそれ》をいっそう深くした。

小舟町《こぶなちょう》を通りぬけて捨吉はごちゃごちゃと入り組んだ河岸のところへ出た。荒布橋を渡り、江戸橋を渡った。通い慣れた市街の中でもその辺はことに彼が好きで歩いて行く道だ。鎧橋の方から堀割《ほりわり》を流れて来る潮、往来《ゆきき》する荷船、河岸に光る土蔵の壁なぞは、いつながめて通っても飽きないものであった。いつでも彼が学校へ急ごうとする場合には、おじさんの家からその辺まで歩いて、それから鉄道馬車の通う日本橋のたもとへ出るか、さもなければ人形町から小伝馬町の方へ回って、そこで品川通いのがた馬車を待つかした。その日は何にも乗らずに学校まで歩くことにして、日本橋の通りへかからずに、長い本材木町《ほんざいもくちょう》の平坦《へいたん》な道をまっすぐに取って行った。

いつにない心持ちが捨吉の胸に浮かんで来た。子供心にも東京に遊学することを楽しみにして遠く郷里から出て来た日のことが、生まれて初めて大都会を見た日のことが、中仙道《なかせんどう》を乗って来た乗合馬車が万世橋《まんせいばし》のたもとに着いた日のことが、ほかにも目の療治のために上京する少年があっていっしょに兄に連れられてその乗合馬車をおりた日のことが、あの広小路《ひろこうじ》で馬車のとまったところにあった並み木から、寄席《よせ》や旅籠屋《はたごや》なぞの近くにあった光景《ありさま》までが、実にありありと捨吉の胸に浮かんで来た。

京橋から銀座の通りへかけて、あの辺は捨吉が昔よく遊び回った場処だ。十年の月日はまだ銀座の通りにある円柱《まるばしら》と円窓《まるまど》とを按排《あんばい》した古風な煉瓦《れんが》造《づく》りの二階建ての家屋を変えなかった。あらかた柳の葉の落ちた並み木の間を通して、へたな蒔絵《まきえ》を見るように塗られた二人乗りの俥《くるま》の揺られて行くのも目につく。塵埃《ほこり》を蹴《け》立《た》てラッパの音をさせて、けたたましく通り過ぎる品川通いのがた馬車もある。四丁目の角《かど》の大時計でも、縁日の夜店《よみせ》が出る片側の町でも、捨吉が旧《ふる》い記憶につながっていないところはなかった。捨吉は昔自分が育てられた町のあたりを歩いて通って見る気になった。ある小路について、ちょうど銀座の裏側にあたる横町へ出た。そこに鼈甲屋《べっこうや》の看板が出ていたはずだ。ここに時計屋が仕事をしていたはずだと見て行くと、往来に接して窓に鉄の格子のはまった黒い土蔵造りの家がある。入り口の格子戸の模様はやや改められ、そこに知らない名前の表札が掛け変えられたのみで、そのほかはほとんど昔のままにある。その窓の鉄の格子は昔捨吉が朝に晩に行ってよくつかまったところだ。その窓から明りのさし入る三畳ばかりの玄関の小部屋は昔自分の机を置き本箱を並べたところだ。彼は自分の少年の日を見るここちがして、もはや住む人の変わった以前の田辺の家の前を通った。

何年となく忘れていた過ぎし月日のことが捨吉の胸をゆききした。黄ばんだ午後の日あたりをながめながら彼が歩いて行く道は、昔自分が田辺のおばあさんに詰めてもらった弁当を持って学校の方へと通ったところだ。昔自分が柔らかい鉛筆と画学紙とを携え、築地の居留地の方まで橋や建物を写すことを楽しみにして出かけたところだ。からだの弱かった田辺のねえさんにもめずらしく気分のいい日が続いて屋外《そと》へでも歩きに行こうという夕方には、それを喜んで連れ立つおばあさんや静かに歩いて行くねえさんのあとについて、野菜の市《いち》の立つ尾張町《おわりちょう》の角の方へと自分もいっしょに出かけたところだ。土橋《どばし》の方角をさして帰って行く道すがらも、まだ捨吉はあのもとの窓の下に、あの墨《す》汁《み》やインキでよごしたりナイフでえぐり削ったりした古い机の前に、自分の身を置くような気もしていた。壁がある。土蔵の上がり段がある。玄関に続いて薄暗い土蔵の中の部屋がある。そこは客でもある時に田辺のおじさんが煙草盆《たばこぼん》をさげて奥の下座敷の方から通って来る部屋でもある。夜になるとランプでその部屋を明るくして、書生は皆一つの燈火《あかり》の下に集まって勉強した。おじさんは書生を愛したから、ひところは三人も四人もの郷里の方の青年がそこに集まったこともあった。捨吉も玄関の方から自分の机を持ち寄ってみんなといっしょに多くの長い夜を送った。そのころのおじさんはいかめしい立派なひげをはやした人で、何度も何度も受けてはうまく行かなかった代言人の試験にもう一度応じてみると言って、捨吉の机の前へ法律の書《ほん》なぞを持って来たものだ。そしてその書を捨吉にあけさせておいて、それはこうですとか、ああですとか、自分で答えてみて、よく捨吉を試験掛りに見立てたものだ。

奥の下座敷も捨吉の目に浮かんだ。そこには敷きづめに敷いてあるようなねえさんの寝床がある。その座敷の縁先にタタキの池がある。長い優美な尻尾を引きながら青い藻の中に見え隠れする金魚の群れがある。ねえさんも気分のいい時にはその縁先に出て、飼われている魚のさまなぞをながめては病を慰めたものだ。

そのころのおじさんは実に骨の折れる苦しい時代にあった。郷里《くに》からの送金もとかく不規則でそれを気の毒に思っていた捨吉には、どこまでがおじさんの艱難《かんなん》で、どこまでが自分の艱難であるのか、その差別もつけかねるくらいであった。雨の降る日に満足な傘をさして学校へ通ったこともないくらいだ。

ある日、古い道具を売り払おうとして土蔵の二階でゴトゴト言わせているおじさんを見つけて、捨吉は自分が三度食べるものを二度に減らしたら、それでも何かの助けになろうかと考えたことさえあった。おじさんがあの美しいひげを自分でそり落としてしまったのも、それからだ。古い写真の裏に長々と述懐の言葉を書きつけ、毎日の細かい日記をやめ、前だれ掛けの今のおじさんに変わったのも、それからだ。石町の御隠居の家の整理を頼まれたのも、その縁故から大勝の主人に知られるようになって行ったのも、それからだ。

こうした月日のことを思い起こしながら、捨吉は遠く学校の寄宿舎の方へ帰って行った。芝の山内を抜けて赤羽橋へ出、三田の通りの角から聖坂を上らずに、あれから三光町へと取って、お寺や古い墓地の多い谷間《たにあい》の道を歩いた。清正公《せいしょうこう》の前まで行くと、そこにはもう同じ学校の制帽をかぶって歩いている連中に会った。

捨吉が学校の裏門をはいって寄宿舎の前まで帰って来たころは、夕方に近かった。ちょうど日曜のことで、時を定めて食堂の方へ通う人も少ない。賄《まかない》も変わってから、白い頭巾《ずきん》をかぶった亭主が白い前だれを掛けたおかみさんといっしょに出て、食卓《テイブル》のさしずをするようになった。まばらに腰掛けるもののある食堂の中で捨吉はおっかさんに別れて来た時のことを思いながら食った。

日曜の夕方らしい静かな運動場の片すみについて、捨吉は食堂から寄宿舎の方へ通う道を通った。ポッポッ寄宿舎をさして丘の上を帰って来る他の生徒もある。「郷里《くに》の方では霜がもうまっ白」と言ったおっかさんの言葉も捨吉の胸に浮かんだ。寄宿舎の階段を上がって長い廊下を通りがけに、捨吉は足立の部屋の扉《と》をたたいてみたが、あの友だちはまだ帰っていなかった。

自分の部屋へ戻ってからも捨吉は心が沈着《おちつ》かなかった。同室の生徒はほかの部屋へでも行って話し込んでいるとみえ、とぼされたランプばかりがしょんぼりと部屋の壁を照らしていた。捨吉は窓の方へ行ってみた。文学会や共励会(2)のある晩とちがい、向こうのチャペルの窓もひっそりとしていて、アメリカ人の教授の住宅の方にわずかにあかい窓掛けに映る燈火《あかり》が望まれた。なんとなく捨吉の胸にはおっかさんの旅が浮かんだ。やがて自分の机の上に新約全書を取り出し、額をその本に押しあてて、

「主《しゅ》よ。この小さな僕《しもべ》を導きたまえ。」

と祈ってみた。

その晩はいつもより早く捨吉も寝室の方へ行って、壁に寄せて造りつけてある箱のような寝台に上った。舎監が手さげの油燈をさしつけて寝ているものの頭数を調べに来るころになっても、まだ捨吉は目をあいていて、ポクポクポクポクと廊下を踏んで行く舎監の靴の音を聞いていた。平素めったに思い出したこともないようなお霜《しも》ばあさん――郷里《くに》の方の家に近く住んで、よくおっかさんのもとへ出はいりした人――のことなぞまで思い出した。あのお霜ばあさんが国の方の話を持って、一度以前の田辺の家へたずねて来た時のことを思い出した。おかげで国へのみやげ話ができたと言って、自分を前に置いて年とった女らしくかきくどいたことを思い出した。「あれほどワヤク(3)な捨様でも、東京へ出て修業すればこれだ。まあ、おれのはき物まで直してくだすったそうな――」と別れぎわに言って、あのばあさんがホロリと涙を落としたことを思い出した。

なくなったおとっさんのことをも思い出した。自分に会うことを楽しみにして、一度おとっさんが上京した日のことを思い出した。あの銀座の土蔵造りの家《うち》の奥二階に、おとっさんが田舎《いなか》から着て来た白い毛布やビロードで造った大きな旅の袋を見つけたことを思い出した。国にいるころのおとっさんはまだ昔ふうに髪を束ね、それを紫のひもで結んで後ろの方へたれているような人であったが、その旅で名古屋へ来て始めて散髪になった話なぞを聞かされたことを思い出した。「あれをああと、これをこうと――」とそれを口癖のように言って、おとっさんがよく自分自身の考えをまとめようとしていたことを思い出した。おとっさんを案内して小学校友だちの家へ行った時に、途中でおとっさんはみかんを買って、それをみやげがわりとして普通にさし出すことと思ったら、やがておとっさんは先方《さき》のお友だちのおっかさんからお盆《ぼん》を借り、その上にみかんを載せ、ツカツカと立って行って、それを仏壇に供えようとした時は、実にハラハラしたことを思い出した。おとっさんの逗留中《とうりゅうちゅう》には、旧尾州公《びしゅうこう》という人の前へも連れられて行き、それから浅草辺のある飲食店へも連れられて行っておとっさんとは懇意なという地方出の主人やかみさんに引き合わされ、「こんなお子さんがおあんなさるの」と言ったそこの家のかみさんからもおおぜいの女中からもいやにジロジロ顔を見られたことを思い出した。おとっさんはまた、自分の小学校をも見たいと言うから、あの河岸の赤煉瓦の建物の方へ案内して行くと、途中で河岸に石のころがったのを見つけ、子供の通う道にこういうものはあぶないと言って、それを往来の片すみに寄せたり、お堀の中へ捨てたりするような、そういう人であったことを思い出した。おとっさんのする事、なす事は、正しい精神から出ていたには相違なかろうが、なんとなく人と異なったところがあって、はたで見ているとハラハラするようなことばかりであったことを思い出した。やっぱしおとっさんは国の方にいてほしい。早く東京を引き揚げあの年じゅう榾火《ほだび》の燃える炉ばたの方へ帰って行って老祖母《おばあ》さんやおっかさんや兄夫婦やそれから正直な家僕《ぼく》などといっしょにいてほしい。それがおとっさんに対する偽りのない自分の心であったことを思い出した。あとで国から出て来た姉の話に、よっぽど自分の子供はうれしがるかと思って上京したのに、案外で失望した、もう子供に会いに行くことは懲りた、と言っておとっさんが嘆息して姉に話したということを思い出した。「捨吉ばかりはおれの子だ。あれにはおれの学問を継がせたい。」とおとっさんが生きているうちによく姉に話したということを思い出した。こうした記憶や、幼い時に見た人の顔や、何年もの間のことがいっしょになって胸に浮かんで来た。その日ほど捨吉は自分の幼い生涯を思い出したこともなかった。

秋の日のひかりは丘の上にある校堂の建物の内に満ちた。翌朝になって捨吉が教室の方へ通って行って見ると、二十人ばかりの同級生の中にまた菅と足立の笑顔を見つけた。田辺の家の周囲《まわり》にあったような若い人たちの延びて行く勢いは、さかんに競い合うようにしてそこにもあふれて来ていた。「フレッシ・マン」(4)と呼ばれ、「ソホモル」と呼ばれたころのことに思い比べると、皆もう別の人たちだ。ただ、毎日のように互いに顔を見合わせていては、たまに会って見る年の若い人たちのように、それほど激しく成長を感じないまでだ。同級の学生の多くは捨吉よりも年長《としうえ》であったが、その中でも年齢の近い青年の間によけいに捨吉は自分といっしょにそろって押し出して行くような力を感じた。互いに腕でも組み合わせて歩いてみるというようななんでもない戯れまでが言うに言われぬさわやかな快感を起こさせた。

四年の学校生活もおいおいと終わりに近くなって行った。同級の学生は思い思いに播《ま》いたものを収穫《とりい》れようとしていた。また、せっせと播けるだけ播こうとして、互いに種おろすことを急いでいた。気早な連中の間にはや卒業論文の製作が話頭に上って来た。長いこと日課を放擲《ほうてき》して顧みなかった捨吉もようやく小さな反抗心を捨てるようになった。彼は自分の好きな学科ばかりでなしにもっと身を入れて語学を修得したいと思い立つようになった。菅はドイツ語までも修めようとしていたが、捨吉はむしろ英語の専修に心を傾けた。キリスト教の倫理や教会歴史を神学部で講ずる学校の校長(5)が捨吉の方の組へも来て時代分けになったイギリスの詩と散文とを訳してくれた。この校長の精確な語学の知識は捨吉の心を喜ばせた。休みの時間ごとに出て見ると、校堂を囲繞《とりま》く草地の上には秋らしい日があたって来ている。足を投げ出す生徒がある。昼間鳴く虫の声も聞こえて来る。捨吉はペンキ塗りの校堂の横手にもたれて、遠く郷里の方へ帰って行ったおっかさんの旅を想像した。

次第に捨吉は自分の位置を知りうるようにもなって行った。彼がこの学校に入れられたのは、ゆくゆくはアメリカへ渡り針の製造を研究するためで。そして大勝の養子として、あの針問屋《はりどんや》の店にすわらせられるためで。田辺のおじさんは直接に捨吉に向かってなんにもそんなことをにおわせもしなかったが、それがおじさんの真の意思であり、大勝の主人の希望でもあるということを、捨吉は大川ばたの兄から聞いて初めて知った。

「捨吉は捨吉で、やらせることにしたい。いかに大将の希望でも、そればかりはお断わりしたい。」

これがその時の兄の挨拶《あいさつ》だったということで。

「きょうまで一度もおれは田辺とけんかしたことがない。その時ばかりは、おれも争った。大勝の養子にお前を世話するという説には、絶対に反対した。」

万事に淡泊なことを日ごろの主義とする兄は、これもよんどころないというふうにその話をして、なお田辺へは最近に何百円とかの金の手にはいったのを用立てた、長年弟の世話になった礼としてそれとなくその金を贈った、もはや物質的にさほどの迷惑を掛けてはいないことになった、との話もあった。そうだ。捨吉が学校の休みの日に帰って行って、大川ばたでその話を聞いて来る前に、田辺の家《うち》の方へ顔を出したら、おじさんも留守、ねえさんも留守の時で、ただおばあさんのはげしい権幕で言ったことが何事も知らずに出かけて行った捨吉を驚かした。

「お金をよこしさえすれば、それでいいものと思うと大きに違いますよ。」

あのおばあさんがおこった言葉の意味を、捨吉は兄の下宿まで行って初めて知った。

高輪の学窓の方で、捨吉が自分の上に起こった目上の人たちの争闘《あらそい》を考えてみるころは、その年の秋も暮れて行った。空想は捨吉の心を大勝とした紺ののれんの方へ連れて行って見せ、あの正面の柱に古風な「もぐさ」の看板の掛かった大きな店の方へ連れて行って見せた。空想はまた彼の心をあの深い商家に育ったかれんな娘の方へ連れて行って見せた。たとえ兄の言うように、おじさんにどんなもくろみがあろうとも、そのためにおじさんを憎む気にはどうしてもなれなかった。あべこべに、弟の独立をそれほどまで重んじてくれたという兄の所置に対しては感謝しながらも、なおそれを惜しいと思うの念が心の底に残った。

捨吉は自分の空想をはじした。そうした空想は全く自分の行こうと思う道ではなかったから。それにしても針製造人の運命をもってこの学校へ学びに来たとは夢にも彼の思い及ばないことであった。学窓とこの世の中との隔たりは――とても、高輪と大川ばたとの隔たりどころではなかった。

残る二学期の終わりには、いよいよ四年生一同で卒業の論文を作った。捨吉もそれを英文で書いた。学校の先生がたは一同をチャペルに集めて、これから社会の方へ出て行こうとする青年らのために、前途の祝福を祈ってくれた。聖書の朗読があり、讃美歌《さんびか》の合唱があり、別離《わかれ》の祈禱《きとう》があった。受持受持の学科の下に、先生がためいめい署名して、花のような大きな学校の判を押したのが卒業の証書であった。やがて一同は校堂を出て、その横手にある草地の一角に集まった。皆で寄ってたかってそこに新しい記念樹を植えた。木の下には一つの石を建てた。最後に、捨吉は菅や足立といっしょにその石に刻んだ文字の前へ行って立った。

「明治二十四年――卒業生」

八

学校を卒業するころの菅はエマアソン(1)なぞの好きな、なんとなく哲学者らしい沈着《おちつき》をもった青年になって行った。それにクリスチアンとしての信仰もこの人のはごく自然であった。足立はまたさかんな気象の青年で、キリスト教主義の学校の空気の中にありながら卒業するまで未信者で押し通したということにも、一つの見識を見せていた。

「いよいよお別れだね。」

捨吉は二人の友だちと互いに言い合った。

菅は築地へ、足立は本郷へ、いずれも思い思いに別れて行った。十六歳の秋から二十《はた》歳《ち》の夏までを送った学窓に離れて行く時が捨吉にも来た。荷物や書籍《ほん》はすでに田辺のおじさんの家の方へ送ってあった。彼はふろしき包みだけをかかえて、丘の上に立つ一群れの建物に別れを告げた。いちばん高いところにある寄宿舎の塔、食堂の廊下の柱、よく行った図書館の窓、教会堂の様式と学校ふうの意匠とを按排《あんばい》してそれを外部に直立した赤煉瓦《あかれんが》の煙筒に結びつけたかのような灰色な木造の校堂の側面、あだかも植民地の村落のように三棟《むね》並んだアメリカ人の教授の住宅、そのうろこ形の板壁の見える一人の教授の家の前から緩慢《なめらか》な丘の地勢に添うて学校の表門の方へ弧線を描いている一筋の径《みち》なぞが最後に捨吉の目に映った。

捨吉は表門のところへ出た。幾株かの桜の若木がそこにあった。その延びた枝、おい茂った新しい葉は門のそばに住む小使の家の屋根をおおうばかりになっていた。捨吉は初めて金ボタンのついた学校の制服を着てその辺を歩き回った時の自分の心持ちを思い起こすことができた。あの爵位の高い、美しい未亡人に知られて、一躍政治の舞台に上った貧しいジスレイリの生涯なぞが彼の空想を刺激したころは、この桜の若木もまだそれほど延びていなかったことを思い起こすことができた。四年の月日は親しみのある樹木を変えたばかりでなく、捨吉自身をも変えた。なんという濃い憂鬱《ゆううつ》が早くも彼の身にやって来たろう。そして過ぎ去った日の楽しみをはかなく味けなく思わせたろう。

風が来て桜の枝を揺するような日で、見ると門の外の道路にはかわいらしい実が、そここここに落ちていた。

「ホ、こんなところにも落ちてる。」

と捨吉はひとりで言ってみて、一つ二つ拾い上げた。その昔、郷里の山村の方で榎木《えのき》の実を拾ったり橿鳥《かしどり》の落とした羽を集めたりした日のことが彼の胸に来た。思わず彼は拾い上げた桜の実を嗅《か》いでみて、おとぎ話の情調を味わった。それは若い日の幸福のしるしというふうに想像してみた。

捨吉に言わせると、自分らの前にはおおよそ二つの道がある。その一つはあらかじめ定められた手本があり、踏んで行けばいい先の人の足跡というものがある。今一つにはそれがない。なんでも独力で開拓しなければならない。彼が自分勝手に歩き出そうとしているのは、そのあとの方の道だ。言いがたい恐怖を感ずるのも、それゆえだ。心の闘いの結果は、てきめんに卒業の成績にも報いて来た。学校にはいって二年ばかりの間は級の首席を占め、多くの教授の愛を身に集め、しかも同級の中での最も年少なものの一人であった彼も、卒業する時はごくの不首尾に終わった。ビリから三番目ぐらいの成績で学校を出て行くことになった。しかし彼はそんなことは頓着《とんちゃく》しなくなった。ほかの学校に比べると割合によい図書館があり、自分の行く道を思い知ることができ、それからまた菅や足立のような友だちを見つけることができたというだけでも、この学窓に学んだかいはあったと思った。

新しい世界は自分を待っている。その遠くて近いような翹望《ぎょうぼう》をまだ経験のない胸にもって、捨吉は半分夢中で洗礼を受けた高輪の通りにある教会堂からも、初めて繁子や玉子に会った浅見先生の旧宅からも、その他種々さまざまの失敗《しくじり》と後悔とはずかしい思いとを残した四年の間の記憶の土地からも離れて行った。

恩人の家の方へ帰って来て見ると、捨吉はいまだかつてその屋根の下で遭遇《であ》ったこともないような動きの渦の中に立った。かねて横浜の方のある店を引き受けるとおじさんから話のあったことが、いよいよ事実となった。おじさんは横浜をさして出かけようとしている。ねえさんもおじさんについて行こうとしている。大勝のお店《たな》の方から手伝いに来た真勢さんは日本橋高砂町《たかさごちょう》付近の問屋を一回りして戻って来て、また品物をそろえに出て行こうとしている。

「あの、何を何して、それから何してくださいな。」

したく最中のねえさんが何づくしで話しかけることを、おばあさんはまた半分も聞いていないで、何を何するために土蔵の階段を上がったりおりたりしている。この混雑の中で、着物やら行李《こうり》やら座敷じゅう一ぱいにごちゃごちゃ置いてある中で、捨吉は持って帰った卒業証書をおじさんに見てもらったほどで。

潮でも引いて行ったあとのような静かさが、この混雑のあとに残った。房州出《ぼうしゅうで》のよく働く下女までがおじさんたちについて行った。留守宅にはおばあさんと、弘と、女中がわりに助《す》けに来た女と、捨吉と、それからポチという黒毛の大きな犬とが残った。

「ねえさんも、えらい勢いですね。」

「なにしろお前さん、十年も寝床《とこ》を敷きづめに敷いてあった人が、浜の方まで働きに行こうという元気だからねえ。」

捨吉はおばあさんと二人でねえさんのうわさをしてみた。銀座時代からの長い長い病床から身を起こしたねえさんが自分で自分をいたわるようにして、ごく静かにこの家の内を歩いていた時の姿が、ついまだきのうか一昨日《おととい》かのように捨吉の目にあった。

「彼女《あれ》がまた弱らなけりゃいいが、それを思って心配してやるあたいの言うことなんぞ、彼女《あれ》が聞くもんかね。『そんな、おばあさんのようなことを言ったって、今はそんなぐずッかしてる時じゃありませんよ』ッて——そう言われてみると、それもそうだよ。」

こうおばあさんは捨吉に話し聞かせて笑って、ひとりじっとしてはいられないかのように、立ったりすわったりした。

捨吉はおばあさんのそばを離れて玄関から茶の間の方へ行ってみた。高輪の方で見て来た初夏らしい草木の色はまたその庭先へも帰って来ていた。にわかに関寂《しん》とした家の中の空気はよけいに捨吉の心をいらいらさせた。おじさんからねえさんから下女までも動いて行っている中で、黙ってそれを見ているわけには行かなかった。考えをまとめるために、彼は茶の間の縁先から庭へおりた。学校を済まして帰って来て、また箒《ほうき》を手にしながら書生としての勤めに服するのも愉快であった。新しい楓《かえで》の葉が風に揺れて日にチラチラするのをながめながら、まず茶の間の横手あたりから草むしりを始めた。おっかさんの上京以後、とかく彼に気まずい思いをさせるようになったのは大勝の養子の一件だ。しかしおじさんを第二の親のように考え、長い間の恩人として考える彼の心に変わりはなかった。自分は自分の力にできるだけのことをしよう、その考えから、垣根に近い乙女椿《おとめつばき》の根元へ行ってしゃがんだ。青々とした草の芽は取っても取っても取り尽くせそうもなかった。茶の間の深い廂《ひさし》の下を通って、青桐《あおぎり》の幹の前へ立った時はおじさんたちのあとを追って手伝いに行こうという決心がついた。

「そうだ。浜へ行こう。」

その考えを捨吉はおばあさんに話した。

よくも知らないあの港町を見るという楽しみが捨吉の心にあった。一日二日たって彼は出かけて行くしたくを始めた。横浜へ行って、もし暇があったら、その夏は何を読もう。いちばん先に彼の考えたことはこれだ。彼はテイン[2]の英文学史を選ぶことにした。それをふろしき包みの中に潜ませた。それからおばあさんの前へ行った。

「おばあさん、これから行ってまいります。」

「ああ、そうかい。それは御苦労さまだねえ。」

おばあさんは横浜の店の方にある自分の娘のもとへと言って、着物なぞを捨吉に託した。

「おばあさん、伊勢崎町《いせざきちょう》でしたね。僕はまだ横浜の方をよく知らないんです。(3)」

「なあに、お前さん、店の名前でたくさんだよ。浜へ行って、伊勢崎屋と聞いてごらんなさい。だれだって知らないものはありゃしないよ。」

おばあさんも大きく出た。

一度か二度山の手の居留地の方へ行く時に通り過ぎたことのある横浜の停車場に着いた。捨吉が捜した雑貨店はごちゃごちゃと人通りの多い、商家の旗や提燈《ちょうちん》なぞの目につく繁華な町の中にあった。そこに「いせざきや」とかなで書いた白い看板が出ていた。入り口は二つあった。捨吉はまず大勝のお店《たな》のものに会った。長い廊下のような店の中には何ほどの種類の雑貨が客の目を引くように置き並べてあると言うこともできなかった。そこここには立って買っている客もあった。その廊下の突き当たりにある帳場のところで捨吉はまた見知った顔に会った。須永《すなが》さんといって、おじさんと同郷の頭のはげた人だ。

「オオ、捨吉か。」

おじさんは奥の方から出て来て、あだかも彼を待ち受けていたかのように、喜ばしそうに彼の顔を見た。

「米《よね》、捨吉が来たよ。」

とおじさんは奥の方にいるねえさんをも呼んだ。

こうした変わった場所に、新規な生活の中に、おじさんやねえさんを見つけることは捨吉にとってもめずらしくうれしかった。ねえさんもなかなかの元気で、東京の方で見るよりは顔の色つやもよかった。

「捨吉、貴様はまだ昼食前《ひるまえ》だろう、まあ飯でもやれ。今皆済ましたところだ。」とおじさんが言った。

「捨さんもお腹《なか》がすいたろう。すこし待っとくれ。今したくさせる。」とねえさんも言った。「こうおおぜいの人じゃ、なかなか一度にゃ片付かないよ。」

その時、奥の方から昼飯を済ましたらしい店の連中がどかどかと押してやって来た。皆捨吉に挨拶《あいさつ》して帳場のそばを通った。新どん、吉どん、寅どんのような見知った顔ぶれのほかに、二、三の初めて会う顔もまじっている。その時捨吉は大勝のお店《たな》の方の若手がそろってここへ手伝いに来ていることを知った。年少《としわか》な善どんまでが働きに来ていた。それを見ても、あの大勝の大将がおじさんの影にいて、どれほどこの伊勢崎屋の経営に力を入れているかということも思われた。

「岸本さん、おしたくができました。どうぞめしあがってください。」

と告げに来る房州出の下女の顔までが何となく改まって見えた。

食後に、捨吉は二階建てになった奥の住まいを見て回った。裏口の方へも出てみた。

「捨さん、来て御覧。」

というねえさんのあとについて行ってみると、帳場の後手《うしろ》から自由に隣家《となり》の方へ通うことができて、そこにはまた芝居の楽屋のような暗さが締めきった土蔵造りの建物の内部《なか》を占領していた。

「どうだ、なかなか広かろう。」

とおじさんもそこへ来て言って、住まいと店との間にあるガラス張りの天井の下を捨吉といっしょに歩いてみた。

「以前《まえ》の伊勢崎屋というものは、隣家《となり》の方とこっちと二軒続いた店になっていたんだね。これが大勝へ抵当にはいった。『どうだ、田辺、一つやってみないか』としきりに大将が乗り気になったもんだから、とうとうおれも引き受けちゃった。どうして、お前、新規に店を始めて、これだけの客が呼べるもんじゃない……隣家《となり》の方はまあ、ああしておいて、そのうちに仕切って貸すんだね。」

こんなふうにおじさんはだいたいの説明を捨吉にして聞かせた。このおじさんの足が帳場のそばで止まった時は、おじさんは何か思い出したような砕けた調子で、

「なにしろ一銭、二銭から取り揚げるんだからねえ。」

と言って笑った。

捨吉は自分の身の置きどころから見つけてかからねばならなかった。彼は周囲を見回した。そして実に勝手の違ったところへやって来たような気がした。店の入り口の方へ行ってみると、ちょうど須永さんのいる高い帳場と向かい合った位置に、壁によせて細長い腰掛けが造りつけてある。そこには大勝の方から来た中でいちばん年かさな、背の高い、若い番頭がほかの連中を監督顔に腰掛けている。捨吉はまだその番頭の名前も知らなかった。新参者らしくそのそばへ行って腰掛けてみた。

「捨さん。」

とある日、呼ぶ声が起こった。

港の方へ着いた船でもあるかして、男と女の旅らしい外国人が何かみやげ物でも尋ね顔に、店の小僧たちに取りまかれていた。捨吉は夕飯を済ましかけたところであったが、呼ばれてその外国人のそばへ行った。

「What sort of articles do you wish to have?」

おぼつかない英語でこう尋ねてみた。

「I am looking for……」

とばかりで発音のむずかしいその外国人の言うことは半分も捨吉には聞き取れなかった。

男の外国人はそばにいる善どんに指さしして、蒔絵《まきえ》のある硯蓋《すずりぶた》を幾枚となく棚から卸《おろ》させてみた。しまいに捨吉に向かって値段を聞いた。

「Two yen――」と捨吉は正札《しょうふだ》を見て言って、「at fixed price.」と付けたした。

「Too much.」

とか何とか女の外国人が連れにささやくらしい。

「Have you not a similar article at a lower price?」

と今度は女の外国人の方が捨吉に向かって尋ねたが、結局この人たちはほんとに買う気もないらしかった。

「Oh, we are offering it at the lowest possible price.」

こんなふうに捨吉は言ってみた。さんざんひやかしたあげく、二人の外国人はそこを離れて行った。

「捨さん、何をほしいと言うんです。」と須永さんが帳場から言った。

「いえ、硯蓋を出して見せろなんて言って、買うんだか買わないんだかわかりません。」

「捨さんはいいなあ、英語がわかるから。」と小僧の一人が言った。

「こういう時は、捨さんでなくちゃ間に合わない。」

と新どんが持ち前の愛嬌《あいきょう》のある歯を見せて笑った。

学校の方で習い覚えたことが飛んだところで役に立った。もっとも、捨吉のは、読むだけで、こうした日常の会話になるとまごついてしまうという不思議な英語であったが。

捨吉が伊勢崎屋へ来て何かの役に立つと自分でも感じたのは、しかしこんな場合に過ぎなかった。その店に並べた品物はみんな正札付きで、勧め、売り、代《だい》を受け取り、その受け取った金を帳場の方へと運ぶというだけなら、だれにでもできた。それを一歩でも立ち入って、何か込み入った商法《あきない》のことになると、新どんや吉どんのような多年大勝のお店《たな》の方で腕を鍛えて来たパリパリの若手は言うまでもなく、駆け出しの小僧にすら遠く彼は及ばなかった。彼はそれを自分の上に感じたばかりでなく、帳場にすわっている須永さんの上にも感じた。あの旧士族あがりで、おじさんの同郷で、年若な下女なぞに色目をくれるようなことは機敏でも商法一つしたことのない須永さんは、東京の問屋から着く荷物と送り状との引き合わせにすら面《めん》くらってしまい、そのたびにわけもなく小僧らをしかりつけたり、尊大に構えたりして、はげた額と眼鏡との間から熱い汗を流していることを知って来た。次第に捨吉は大勝の連中をも、それらのさまざまな性質の青年をも知るようになって行った。若い番頭は名を周《しゅう》どんと言って、店の入り口の腰掛けに落ち合うところから、いろいろと捨吉に話しかけ、背の高いことや歯並みの白くそろったことをよく自慢にして、浮き浮きと楽しい気分を誘うような青年ではあったが、それだけほかの年少《としした》の連中からは思われてもいないことを知るようになって行った。この周どんの毎朝髪を香《にお》わせる油は、あれはこの店から盗んだものだというようなことまで、日ごろ番頭と仲の悪い新どん吉どんの告げ口によって知るようになって行った。

しかし捨吉はおじさんの手伝いに来た。商法を覚える気はなくても、書生として何かの役に立ちたいと思った。その心からまた彼は店の入り口の方へ行って、周どんのそばに腰掛けた。こうした雑貨店では客の種類もいろいろだ。白の股引《ももひき》に白足袋《しろたび》、尻端折《しりはしより》のいそがしい横浜ふうの風俗《なり》の客や、異人の旦那《だんな》を連れた洋妾《らしゃめん》ふうの女の客なぞがはいって来るたびに、捨吉は自分の腰掛けを離れて、店のものの口ぶりをまねた。

「いらっしゃい――」

と力をこめて呼んでみる捨吉は、店先に並べてある売り物の鏡の中に自分の姿を見た。みんな角帯《かくおび》、前だれ掛けで、お店者《たなもの》らしく客を迎えている中で、全くの書生の風俗《なり》が、巻きつけた兵児帯《へこおび》が、そのガラスに映っていた。実に、なっていなかった。

須永さんが行き、周どんが行き、入れ替わりに真勢さんが来た。須永さんも、周どんも、それぞれ挿話を残して行った。須永さんは、一時手伝いに来ていた色白でまるまると太った女と。周どんは、房州出の下女と。

真勢さんのような大勝の帳場を預かる人が、あの東京のお店《たな》の方を置いて来たということは、すこし捨吉を驚かした。この雑然紛然とした空気の中で、伊勢崎屋へ来てつく奥のチャブ台の前で、十年一日のような信仰に生きて来た真勢さんがそれとなくささげる食前の祈禱《きとう》に、人知れず安息日を守っているということは、さらに捨吉を驚かした。

真勢さんはおじさんと交代に帳場にすわって須永さんの役を勤めることもあり、入り口の腰掛けのところに陣取って周どんの役を勤めることもあったが、この人の来たころから開業してまだ日の浅い雑貨店もようやく店らしくなって行った。それだけ捨吉は手伝いのしようがないような気がした。鉄物《かなもの》類の並べてある方へ行ってみる。そこには吉どんががんばっている。唐物《とうぶつ》類の方へ行ってみる。そこには新どんがいる。塗り物類の方へ行ってみる。そこにはまた寅どんがいる。皆自分自分の縄張り内だと言わぬばかりに控えたり、時にはその棚の前を行ったり来たりして、手をつけさせない。捨吉は年少な善どんのいる方へ行って、せめて箸箱《はしばこ》の類を売ることを手伝おうとしてみた。どこへ行っても、結局手の出しようがないように思った。

　やがて蒸し蒸しとする恐ろしい夏の熱さがやって来た。伊勢崎屋の入り口に近い壁を背にして、頭を後ろの冷たい壁土に押しあてながら、捨吉は死んだように腰掛けた。しばらくもう東京の方の萱や足立のことを思い出す暇さえもなしに暮らした。暑い午後の日ざかりで、繁盛する店の内にも客足の絶える時がある。許しが出て、隣家《となり》のあいた土蔵の方へわずかな昼寝の時をむさぼりに行くものがある。おじさんも太ったからだを休めているかして、帳場の方には見えない。そのとき、捨吉は学校にいる時分に暗誦《あんしょう》しかけた短い文句を胸に浮かべた。オフェリヤ(4)の歌の最初の一節だ。それをだれにも知れないように口ずさんでみた。

"How should I your true love know
　From another one?
By his cockle hat and staff,
　And his sandal shoon."

熱い草の中で息をする虫のように、そっと低い声で繰り返してみたのは、この一節だけであった。彼はまだあの歌の全部を覚えてはいなかった。

「さあ——どいた、どいた。」

と呼ぶ善どんを先触れにして、二、三人の若い手合《てあい》が大きな薦包《こもづつみ》の荷を店の入り口から持ち込んだ。大勝の連中のなかではいちばん腕力のある吉どんが中心となって、太い縄をつかみながら威勢よく持ち込んで来た。居眠りする小僧でもその辺に腰掛けていようものなら、突き飛ばされそうな勢いだ。

角張った大きな荷物は、どうかすると雑貨を置き並べた店の棚とすれすれに、帳場の後手《うしろ》にあるガラス張りの天井の下へと運ばれて行った。

「静岡から塗り物の荷が来たナ。」

とおじさんは高い帳場の上にいて言った。

「庖丁《ほうちょう》、庖丁。」

と奥の勝手口の方をさして呼ぶものもあった。捨吉は帳場のそばへ行って立って、皆の激しく働くさまをながめた。とがった出刃《でば》を手にして最初の縄を切る吉どんの手つきを。みんなで寄ってたかって幾すじかの縄を解く腰つきを。開かれる薦包を。

こうした場合にも真勢さんはしいて自分が先に立って皆のさしずをしようとしなかった。たいていのことは若いもののするままに任せているらしかった。そして荷物の送状《おくり》を調べる方なぞに回っていた。日ごろ一風変わっているところから「哲学者」のあだ名で呼ばれているこの大勝の帳場に接近してみて、捨吉は真勢さんという人にいろいろなものが不思議とまざり合っているような性質を感じて来た。勤勉と無精と、淡泊と片意地と。捨吉はまた真勢さんが商法上のことについて、新どんや吉どんがもつような熱心をも興味をももっていないことを発見した。

しかし真勢さんは何となく捨吉の好きな人だ。東京の田辺の家の方に出入りする多くの人たちの中では捨吉はいちばんこの真勢さんを好いた。いっしょに店の入り口の方へ行って、細長い腰掛けを半分ずつ分けることを楽しく思った。

夕飯が済むか済まないに、もう納涼《すずみ》がてらの客がどかどかはいり込んで来る。ひとしきり客の出さかるころは、回廊のように造られた伊勢崎屋の店の内が熱い人の息で満たされる。明るくかがやかした燈火《ともしび》、ぞろぞろと踏んで通る下駄《げた》ばきの音、その雑踏の中を分けて、何か品物が売れるたびに捨吉は入り口と帳場の間を往来した。

「アア、真勢さんも売ってるナ。」

とそう捨吉は言ってみた。

一日のうちの最もいそがしい時は毎晩三時間ほどずつ続いた。帳場の正面に掛かっている時計が九時を打つころになると、よほど店がすいて来る。奥の方からは下女が茶をくんだ湯のみを盆に載せて、それを真勢さんや捨吉のところへも配りに来た。

真勢さんは簡単に自分の過去を語った。この人は小学校の教員をしたこともある。教会堂の番人をしたこともある。道具屋を始めたこともある。靴屋となり、針製造人となり、それから朝鮮の方までも渡った。ある石蠟《せきろう》の会社にも雇われた。電池製造の技師ともなった。古着商ともなり、蝙蝠傘屋《こうもりがさや》ともなった。そのほか自分で数えようとしても数え切ることのできないような種々さまざまの世渡りをして来たことが引き継ぎ引き継ぎ真勢さんの口から出て来た。

「そうそう、まだそのほかに煮染屋《にしめや》となったこともある。」

と真勢さんは思い出したように言って、そうした長い長い経験と、現に伊勢崎屋の店先へ来て腰掛けていることと、その間には何らのかかわりもないかのような無造作な口調でもって話し聞かせた。

この人のそばに、まだ捨吉は若々しい目つきをしながら腰掛けていた。彼が学校にいる時分に、一度この人の住まいをたずねてみた時のことが胸に浮かんだ。この人の蔵書が、古びた新約全書と、日本外史と、玉篇《ぎょくへん》(5)とであったことなぞをも思い出した。

「そう言えば、僕は真勢さんに靴を造ってもらったこともありましたね。」

「そうそう築地の方にいる時分に。」

それは真勢さんが築地の方のある橋のたもとに小さな靴屋を開業していたころのことだ。捨吉はまだ学校の制服を着始めるころであった。あのかなり無器用な感じのする編み上げを一足《いっそく》造ってもらったころから、捨吉は真勢さんという人を知り始めたのだ。もっとも、真勢さんがキリスト信徒の一人だということを知ったのはそれからずっとあとのことであったが。

周囲《あたり》はいつのまにかひっそりとして来た。一日の暑さに疲れて、そこここの棚の前にはしきりと船をこいでいるものがある。帳場のそばのところには出入りの職人のかみさんが子供をおぶっておそくやって来て、できただけの箸箱でも金に替えて行こうとするのがある。新どんは唐物類の棚を片付け、その辺に腰掛けて居眠りしている善どんの鼻をつまんでおいて、扇子をパチパチ言わせながら捨吉の方へ来た。

「捨さん、いかがです。」と新どんが若い気のきいたお店者《たなもの》らしい調子で言った。

「そろそろ店をしまうかな。」と真勢さんも立って帳場の方をながめた。

「寅どんがね、脚気《かっけ》の気味だって弱ってますよ。」と言って新どんは真勢さんを見た。

「寅どんが？　そいつはいかんナ。」と真勢さんも言った。

入り口に立った三人の目は腫《は》れた足を気にしながらうつ向きがちに棚の前に腰掛けているような寅どんの方へ注がれた。

「なにしろこう暑くっちゃ、全くやりきれない。」

と言って扇子でふところへ風を入れている新どんに誘われながら、捨吉もちょっと店の外まで息抜きに出た。

明るい伊勢崎屋の入り口からさした光が、はや人通りも少ない往来の上に流れていた。捨吉は町のまん中まで出て、胸一ぱいに大地の吐息《といき》を吸った。向こうの暗い方から駆け出して来て、見ている前で戯れ合って、急にまた暗い方へ駆け出して行く犬の群れもあった。やがて三、四時間もしたら白々と明けかかって来そうな短い夏の夜の空がそこにあった。

おじさんも忙しかった。商法の用事で横浜と東京の間をよく往来した。八月にはいって、おじさんは東京の方の問屋回りを兼ね、脚気の気味だという寅どんを大勝のお店《たな》の方へ連れて行った。その帰りに、子息《むすこ》の弘を留守宅の方から連れて来た。弘といっしょに、おじさんは飼い犬のポチをも連れて来た。人なつこい弘が伊勢崎屋の小僧たちの中にまじって働いている捨吉を見つけた時は、

「にいさん。」

と言って、いきなり彼にかじりついた。

心のかてにも、しばらく捨吉はありつかなかった。からだのいそがしいおじさんに帳場を譲られてから、彼は真勢さんと交代で売り揚げを記入する役回りに当たったが、ある品物をいくらで仕入れていくらに売ればいくらもうかるというようなことに、ほとほと興味をもてなかった。帳場は櫓《やぐら》のように造られて、四本の柱の間にある小高い位置か

ら店の入り口の方まで見渡すことができた。生存の不思議さよ。あの学窓を離れて来るころに、こうした帳場の前が彼を待ち受けようとはどうして予期し得られたろう。広々としたこの世の中へ出て行こうとする彼の心は、勢いこんだ芽のようなものであったが、一足踏み出すか踏み出さないに、まるで日に打たれた若葉のようにしおれた。たとえわずかの暇でも、彼はそれを自分のものとして何か蘇生《いきかえ》るような思いをさせる時をほしかった。

偶然にも、ある機会が来た。ちょうどおじさんは留守だった。おじさんはおばあさんもひとりでさびしかろうと言って、四、五日横浜で遊ばせた弘をまた東京の方へ連れて戻った。ポチだけを残した。あの弘が黒い犬を従えながら、伊勢崎屋の店の内を、めずらしがる小僧たちの間を、行ったり来たりする子供らしい姿はもう見られなかった。ふと、ある考えが捨吉の胸に来た。彼は内証で自分のふろしきを解いた。そしてねえさんにもだれにも知れないように、おりがあったら読むつもりで東京から持って来たテインの英文学史を帳場の机の下に潜ませた。

「へえ、十六銭の箸箱が一つ。」

帳場のそばへ来て銭を置いて行く小僧がある。よし来たとばかりに捨吉はそれを帳面につけておいて、やがてコッそりと机の下の書籍《ほん》を取り出して見た。

しばらく好きな書籍《しょせき》の顔も見ずに暮らしていた捨吉の飢えた心は、まるで水を吸うかわいた瓶のようにその書籍《ほん》の中へしみて行った。何という美しい知識が、何という豊富な観察が、何という驚くべき「生の批評」がそこにあったろう。捨吉はマアシュウ・アーノルド[6]の『生の批評』と題した本を読んだことを思い出して、その言葉を特にテインの文章にあてはめてみたかった。その英訳の文学史は前にも一度ざっと目を通して、その時の感心した心持ちは菅にも話して聞かせたことがあった。捨吉は日ごろ心を引かれるイギリスの詩人らがテインのような名高いフランス人によって批評され、解剖され、叙述されることにことのほかの興味を覚えた。「人」というものに、それから環境というものに重きを置いた文学史を読むことも彼にとっては初めてと言っていいくらいだ。ある時代を、ある詩人によって代表させるような批評の方法にもひどく感心した。たとえば、詩人バイロンにかなりな行数を費やして、それによって十九世紀の中のある時代を代表させてあるごとき。

いつのまにか捨吉はおじさんの店へ手伝いに来た心を忘れた。一度読み出すと、なかなか途中ではやめられなかった。英訳ではあるが、バイロンの章の終わりのところで、捨吉は会心の文字にであった。

「彼は詩を捨てた。詩もまた彼を捨てた。彼はイタリーの方へ出かけて行った、そして死んだ。」

と繰り返してみた。

商法上の用事で横浜へ来たという捨吉の兄は夕方近く伊勢崎屋へ顔を見せた。兄は横浜へ来るたびに、必ず寄った。おじさんの留守と聞いて、その日は店の手伝いをしたり、棚の飾りつけを見て回ったりした。捨吉はこの兄にまで帳場の机の下をにらまれるほど、それほど我れを忘れてもいなかった。

いそがしい伊勢崎屋の夜がまたやって来た。ホッと思い出したように蘇生《いきかえ》るようなため息をついておいて、捨吉は帳場の右からも左からも集まって来る店の売代《うりしろ》を受け取った。その金高と品物の名前とを一々帳面に書きとめた。兄は帳場の周囲を回りに回って、おそくまでとどまっていた。そろそろ皆が店をしまいかけるころになっても、まだ残っていた。

一日の売り揚げの勘定が始まるころには、真勢さんをはじめ、新どん、吉どんなどのおもな若手が、めいめい算盤《そろばん》を手にして帳場の左右に集まった。めずらしく兄もその仲間にはいって、手伝い顔に燈火《あかり》のかげに立った。

読み役の捨吉は自分でつけた帳面をひろげて、競うような算盤の珠《たま》の音を聞きながら、その日の分を読み始めた。不慣れな彼も、「七」の数を「なな」と発音し、「四」の数を

「よん」とはねるぐらいのことはとっくに心得ていた。

「揚げましては――金三十三銭なり。七十五銭なり。八十銭なり。一円と飛んで五銭なり。二円なり。七銭なり。五銭なり。四十銭なり。六十銭なり。五十銭なり。五十銭なり。同じく五十銭なり。なお五十銭なり。金一円なり……」

「なんだ、その読み方は。」

と兄は急に弟の読むのをさえぎった。捨吉はめったに見たことのない兄の怒りを見た。

「そんな読み方があるもんか。ふざけないで読め。」とまた兄が言った。

捨吉は自分の方へ圧倒して来るような、ある畏《おそ》ろしい見えない力を感じた。真勢さんや新どんたちの前で、自分に加えられた侮辱にも等しい忠告を感じた。

「僕は、ふざけてやしません。」と言って、弟は兄の顔をみた。

「もっと、しっかり読め。」と言う兄の声は震えた。

小時間《しばらく》の沈黙のあとで、また捨吉は読みつづけた。彼は目上の人に対してと言うよりも、むしろ益のない自分の骨折りに向かって憤りと悲しみとを寄せるような心で。

「〆《しめ》て。」とやがて真勢さんが言い出した。「私から読むか。九十五円二十一銭。」

「九十三円二十銭。」と新どんがそれを訂正するように言った。

「私のも。」と吉どんが加《よ》せた算盤を見せるようにして。

「あ、その方がほんとうだ。どこで私は間違えたか。」と言って真勢さんは頭をかいて、

「捨さん、それじゃお願い。総計九十三円二十銭。きょうはまあ中位《ちゅうくらい》のできだ。」

「や、皆さん、どうも御苦労さま。」

こう兄が言い出すと、真勢さんも新どんも吉どんも同じように言い合った。夏の夜もふけた。

その晩、捨吉は何とも言ってみようのないような心持ちで、寝床の方へ行った。自分に不似合いな奉公から離れて、何とかして延びて行くことを考えねばならないと思った。

九

薄暗い、天井の高い、伊勢崎屋の隣家《となり》のあいた土蔵の内で、捨吉は昼寝からさめた。店の方に客足の絶える暑い午後の時を見計らって交代で寝に来ることを許される小僧たちといっしょに、捨吉もそこへ自分の疲れたからだを投げ出したことは覚えているが、どのくらい眠ったかは知らなかった。

朝起きるから夜寝るまでほとんど自分らの時というものをもたない店の人たちはその許された昼寝の時をわずかに自分らのものとして、半分物置きのようにしてあった土蔵

の中に日中の夢をむさぼっていた。捨吉は目をさまして半ば身を起こした。周囲《あたり》を見回した。

「吉どん。御新造《ごしんぞ》さんがもうお起きなさいッて。」

裏口づたいに寝ている人を揺り起こしに来る房州出の下女もあった。

こらえがたい熱に蒸されてみんな死んだようにごろごろしている。魚のように口をあいて眠っているものがある。そこは伊勢崎屋と同じような雑貨店が以前営まれたと見え、塵埃《ほこり》のたまったすみの方には帳場の跡らしいものも残っている。雑貨の飾られた棚の跡らしいものもある。閉めきった裏口の戸のところには古い造作の立てかけたのもある。芝居の楽屋でも見るように薄暗い床の上には荷造りに使う莚《むしろ》を敷いて、その上で皆昼寝した。真勢さんまでも来て捨吉のそばであおのけさまに倒れていた。

呼び起こされた吉どんは黙って土蔵を出て行った。続いて捨吉も出て行こうとした。もう九月らしい空気がそのあき屋の内までも通って来ていた。捨吉は裏口の方からわずかにさし入る熱い日の光をながめて、ともかくもその一夏の間、みんなといっしょに手伝いして暮らしたことを思った。行きがけに、捨吉は真勢さんの方を振り返ってみた。「哲学者」とあだ名のあるこの人は莚の上に高いびきだ。若いものよりもかえってこの人の方がよく眠っているらしかった。

「さあ、今度はだれの番だ、善どんが寝る番だ。」
「善どんはもうさっき寝ましたよ。はばかりさま、今度は私の番ですよ。」
店の若いものは土蔵の裏口の黒い壁のそばで、昼寝の順番を言い争っている。その間を通りぬけて、捨吉は勝手の方へ顔を洗いに行こうとすると、長いとがった舌を出しながらからだ全体で熱苦しい呼吸《いき》をしているような飼い犬のマルの通り過ぎるのにも会った。

こうした周囲《まわり》の空気の中で、捨吉は待ちわびた手紙の返事を受け取った。先輩の吉本《よしもと》さん(1)からよこしてくれた返事だ。うれしさのあまり、彼は伊勢崎屋の帳場の机の上で何度となくその手紙を繰り返し読んでみた。不似合な奉公から、益のない骨折りから、慣れない雑貨店の帳場から、暗い空虚な土蔵の内の昼寝から、わずかに出て行かれる一筋の細道がその手紙の中にあった。

幾度か捨吉はおじさんの前に、吉本さんからの手紙を持ち出そうとした。そうしては躊躇《ちゅうちょ》した。例のように捨吉が帳場の台の上にすわってポツポツ売り揚げをつけていると、おじさんは団扇《うちわ》づかいで奥の方から帳場のそばへ太ったからだを運んで来た。おじさんもきげんのいい時だった。第一、ねえさんがすばらしい元気で、長煩いのあとの人とも思われないということは、おじさんがよくこぼしこぼしした、「米《よね》の病気は十年の不作」を取り返しうる時代に向いて来たかのようであった。おまけに店の評判はますますいい方だし、どうやら隣家《となり》の土蔵にもいい買い手がついたと言うし、静岡からの新荷は景気よく着いたばかりの時だ。おじさんの笑い声はいっそう快活に聞こえた。

「おじさん、僕はお願いがあります。」

と捨吉は帳場の台の上から恩人の顔を見て言って、その時吉本さんからの手紙の意味を切り出した。横浜を去って、自分の小さな生涯を始めてみたいと言い出した。さしあたり翻訳の手伝いでもしてみたいと言い出した。それにはあの先輩の経営する雑誌社(2)から月々九円ほどの報酬を出そうと言って来ているとも付けたしておじさんに話した。

「おれはまた、ゆくゆくこの伊勢崎屋の店を貴様に任せるつもりでいたのに——」

とおじさんはさも失望したらしい表情を見せて言った。

しかし書生を愛する心の深いこのおじさんは一概に若いものの願いを退けようとはしなかった。何らの報酬を得ようでもなしに、ただおじさんの手伝いをするつもりで、その一夏の間働いた捨吉の心をもくんでくれた。同時に、おじさんが手を替え品を替えしてその日まで教えてみせたことも、到底若い捨吉の心を引き留めるには足りないことを悲しむようであった。

「へえ、捨吉にも九円取れるか。」

としまいにはおじさんも笑って、彼の願いを許してくれた。

恩人夫婦をはじめ、真勢さん、新どん、吉どん、そのほかなじみを重ねた店の人たちに別れを告げて、捨吉が横浜を去ろうとするころは、大勝から手伝いに来た連中もそろそろ東京の空が恋しくなったと言っていた。捨吉はしばらく会わなかった菅や足立を見る楽しみをもって東京の方へ帰って行った。捨吉の上京を促した吉本さんは名高い雑誌(3)の主筆で、同時に高輪の浅見先生の先《せん》の奥さん(4)が基礎をのこした麹町《こうじまち》の方の学校(5)をも経営していた。吉本さんはかつて浅見先生の家塾《かじゅく》に身を寄せていたこともあるという。捨吉にとってのこの二先輩はそれほど深い縁故をもっていた。捨吉が初めて吉本さんに紹介されたのも、浅見先生の旧宅で、そのころの彼はまだ金ボタンのついた新調の制服を着ていたほどの少年であった。

麹町に住む吉本さんの家をさして、捨吉は田辺の留守宅の方から歩いて行った。自分で自分の小さな生涯を開拓するために初めての仕事をあてがわれにたずねて行く捨吉の身にとっては、はてしもなく広々とした世の中の方へ出て行こうとするその最初の日のようでもあった。彼は久松橋の下を流れる堀割《ほりわり》について神田川の見えるところへ出、あの古着の店の並んだ河岸《かし》を小川町《おがわまち》へと取り、今川小路《いまがわこうじ》を折れ曲がった町の中へはいって行った。京橋日本橋から芝の一区域へかけては目をつぶっても歩かれるほど町々をそらんじていた彼にも、もう神田へはいるとまれにしか歩いてみない東京があった。九月下旬の日あたりは行く先の入り組んだ町々を奥深くして見せていた。今川小路と九段坂の下との間を流れるよどみ濁った水も彼の目についた。

その日は麹町の住まいに吉本さんを訪ねてみる初めての時でもあった。吉本さんは事務室用の大きなテエブルを閑静な日本間に置いて、椅子《いす》に腰掛けながら捨吉に会ってくれた。翻訳の仕事も出してくれた。

「嘉代《かよ》さん(6)。」

と主人が細君を呼ぶにも友だちのように親しげなのは、キリスト教徒ふうの家庭の内部《なか》の光景《さま》らしい。細君は束ねた髪にあかい薔薇《ばら》のつぼみをさしているような人で、茶盆を持ってテエブルのそばへ来た。その時吉本さんの紹介で、捨吉はこのバアネット女史の作物の訳者として世に知られた婦人をも初めて知った。

「恋愛は人生の秘鑰《ひやく》なり(7)。恋愛ありて後、人生あり。恋愛を抽《ぬ》き去りたらむには人生何《なん》の色味《しきみ》かあらむ。しかるに最も多く人世を観じ、最も多く人世の秘奥《ひおう》を究むるという詩人なる怪物の最も多く恋愛に罪業《ざいごう》を作るはそもそもいかなる理ぞ。」

これは捨吉が毎月匿名で翻訳を寄せている吉本さんの雑誌の中に見つけた文章の最初の文句だ。捨吉は最初の数行を読んでみたばかりで、もうその寄稿者がどういう人であるかを想像し始めずにはいられなかった。彼は薄い桃色の表紙のついたその雑誌の中をたどってみた。

「思想と恋愛とは仇讐《あだ》なるか。いずくんぞ知らむ恋愛は思想を高潔ならしむる慈母なるを。エマルソン(8)言えることあり、最も冷淡なる哲学者といえども恋愛の猛勢に駆られて逍遥徘徊《しょうようはいかい》せし少壮なりし時の霊魂が負うたる債《さい》を済ます能《あた》わずと。恋愛は各人の胸裡《きょうり》に一墨痕《いちぼくこん》を印して外には見るべからざるも、終生抹《まっ》すること能わざる者となすの奇蹟《きせき》なり。しかれども恋愛は一見して卑陋《ひろう》暗黒なるがごとくに、その実性の卑陋暗黒なる者にあらず。恋愛を有せざる者は春来ぬ間の樹立《こだち》のごとく、何《なん》となく物寂しき位置に立つ者なり。しかして各人各個の人生の奥義の一端に入るを得《う》るは恋愛の時期を通過しての後なるべし。それ恋愛は透明にして美の真を貫く。恋愛あらざる内は、社会は一個の他人なるがごとくに頓着《とんちゃく》あらず。恋愛ある後は物のあわれ、風物の光景、何となく仮《か》を去って実に就《つ》き、隣家よりわが家《や》に移るがごとく覚ゆるなれ。」

これほど大胆に物を言った青年《わかもの》がその日までにあろうか。すくなくも自分らの言おうとして、まだ言い得ないでいることを、これほど大胆に言った人があろうか。捨吉はまずこの文章にこもる強い力に心を引かれた。彼の癖として電気にでも触れるような深いかすかな身震いが彼の身内を通り過ぎた。

「合歓綢繆《ごうかんちゅうびゅう》を全《まっと》うせざるもの詩家《しか》の常ながら、特に厭世《えんせい》詩家に多きを見て思うところなり。そもそも人間の生涯に思想なる者の発芽し来《きた》るより、善美を希《ねご》うて醜悪を忌むは自然の理なり。しかして世に熟せず世の奥に貫かぬ心には、人生の不調子、不都合を見初める時に、初理想のはなはだ齟齬《そご》せるを感じ、想世界の風物何《なん》となく人を惨憺《さんたん》たらしむ。知識と経験とが相敵視し、妄想《もうそう》と実想とが相《あい》争闘する少年のころに、浮世《うきよ》を怪訝《かいが》し厭嫌《えんけん》するの情起こり易《やす》きは至当の者なりと言うべし。人生まれながらにして義務を知る者ならず、人生まれながらに徳義を知る者ならず、義務も徳義も双対的のものにして、社会を透視したる後『己《おの》れ』を明見《めいけん》したる後に始めて知り得《う》べきものにして、義務徳義を弁ぜざる純樸《じゅんぼく》なる少年の思想が始めて複雑解し難《がた》き社会の秘奥《ひおう》に接したる時に、誰《たれ》か能《よ》く厭世思想を胎生せざるを得んや。誠信をもって厭世思想に勝つことを得《う》べし。しかれども誠信なるものは真に難事にして、ポオロ(9)のごとき大聖すら嗚呼《ああ》われ罪人なるかなと嘆じたることあるほどなれば、厭世の真相を知りたる人にしてこれに勝つほどの誠信あらん人は凡俗ならざるべし。」

読んで行くうちに、捨吉はこの文章を書いた人の精神上の経験が病的とも言いたいほど神経質に言葉と言葉の間に織り込まれてあるのを感じて来た。まだ初心な捨吉にはどれほどの心の戦いから、これほどの文章が産まれて来たかと言うこともできなかった。

「菅君はどうだろう。もうこの雑誌を読んでみたろうか。」

と捨吉は自分で自分に言ってみて、あの友だちがまだ読まずであったらぜひとも勧めたい。そしていっしょにこういう文章を読んだあとの歓喜《よろこび》を分かちたいとさえ思った。

「婚姻と死とはわずかに邦語を談ずるを得るの稚児《ちじ》より、墳墓に近づくまで、人間の常に口にする所なりとは、エマルソンの至言なり。読本を懐《ふところ》にして校堂に上るの小児が他の少女に対して互いに面《かお》を赧《あこ》うすることも、仮名《かな》を便《たよ》りに草紙《そうし》読む幼な心にすでに恋愛の何物なるかを想像することも、みなこれ人生の順序にして、正当に恋愛するは正当に世を辞し去ると同一の大法なるべけれ。恋愛によりて人は理想の聚合《しゅうごう》を得、婚姻によりて想界より実界に擒《きん》せられ、死によりて実界と物質界とを脱離す。そもそも恋愛の始めは自らの意匠を愛するものにして、対手《あいて》なる女性は仮物《かぶつ》なれば、よしやその愛情ますます発達するとも、ついに狂愛より静愛に移るの時期あるべし。この静愛なるものは厭世詩家に取りて一の重荷なるがごとくになりて、合歓の情あるいは中折するに至るはあに惜しむべきあまりならずや。バイロンが英国を去る時の詠歌の中に『たれか情婦(10)または正妻のかこちごとや空涙を真事《まこと》として受くる愚《ぐ》を学ばむ』と言《い》い出《い》でけむも、実に厭世家の心事を暴露《ばくろ》せるものなるべし。同じ作家の『婦人に寄語す(11)』と題する一編を読まば、英国のごとき両性の間がら厳格なる国においてすら、かくのごとき放言を吐きし詩家の胸奥を覗《うかが》うに足るべきなり。嗚呼《ああ》不幸なるは女性かな。厭世詩家の前に優美高尚《こうしょう》を代表すると同時に、醜穢《しゅうあい》なる俗界の通弁となりてその嘲罵《ちょうば》するところとなり、その冷遇するところとなり、終生涙を飲んで寝ての夢さめての夢に郎《ろう》を思い郎を恨んで、ついにその愁殺《しゅうさつ》するところとなるぞうたてけれ。恋人の破綻《はたん》(12)して相別れたるは双方に永久の冬夜を賦与したるがごとしとバイロンは自白せり。」

読めば読むほど若い捨吉は青木《あおき》(13)が書いたもののうちにこもる稀有《けう》な情熱に動かされた。田辺の留守宅では、捨吉は今までのような玄関番としても取り扱われないようになった。たといわずかでも食費を入れ始めたために、留守を預かるおばあさんから玄関の次の茶の間を貸し与えられた。その四畳半で彼はこの文章を読んだ。雑誌の主筆なる吉本さんに頼んでいつかはこの文章を書いた青木という人に会いたいと思った。その人を見たいと思った。そしてその人の容貌《ようぼう》や年齢や経歴を書いたものによっていろいろさまざまに想像してみた。

十

延びよう延びようとしてもまだ延びられない、自分の内部《なか》から芽ぐんで来るもののために胸を圧《お》されるような心持ちで、捨吉はよく吉本さんの家の方へ翻訳の仕事を分けてもらいに通って行った。その日まで彼が心に待ち受け、また待ち受けつつあるものと、現に一足踏み出してみたこの世の中とは、何ほどの隔たりのものとも測り知ることができなかった。いつ来るとも知れないような遠い先の方にある春。ただそれを翹望《ぎょうぼう》する心から、せっせと怠らずしたくしつつあった彼のような青年にとっては、ほんとうに自分の生命《いのち》の延びて行かれる日が待ち遠しかった。

その心から、捨吉は自分の関係し始めた雑誌の中に青木という人を見つけた。その心から、捨吉は堅い地べたを破って出て来た青木の若々しさを尊いものに思った。青木のように早い春を実現し得たものはすくなくも捨吉の目には見当たらなかった。

会って見た青木は、思ったよりも書生流儀な心やすい調子で、初対面の捨吉をつかまえて、いきなりその時代の事を言い出すような人であった。麹町の吉本さんの家《うち》で、例の応接間の大きなテエブルの前で、捨吉は自分の前に腰掛けながら話す四つか五つばかりも年長《としうえ》な青木を見た。男らしいまゆの間におとなびた神経質のあふれているのをながめたばかりでも、早くからいろいろなところを通り越して来たらしいその閲歴の複雑さが思われる。捨吉の心を引いたものはことに青木の目だ。その深いひとみの底には何が燃えているかと思わせるような光のある目だ。何よりもまず捨吉はその目に心を傾けた。

青木と捨吉との交際はその日から始まった。よいものでありさえすればたとえいかなる人のもっているものでも、それを受けいれるに躊躇《ちゅうちょ》しなかったほど、それほど心のかわいていた捨吉は、この新しい交わりがひろげて見せてくれる世界の方へぐんぐんはいって行った。かつて彼が銀座の田辺の家《うち》の方から通って行った数寄屋橋《すきやばし》側の赤煉瓦《あかれんが》の小学校の建物は、青木もやはり少年時代を送ったというその同じ校舎であることがわかって来た。姓の違う青木の弟という人と、彼とは、その学窓での遊び友だちであったことがわかって来た。あの幼い日からの記憶のある弥左衛門町《やざえもんちょう》の角の煙草屋《たばこや》が青木の母親の住む家であることもわかって来た。バイロンの『マンフレッド』に胚胎《はいたい》したという青木が処女作の劇詩は、その煙草屋の二階で書いたものであることもわかって来た。

それればかりではない。捨吉は自分の二人の友だちにまでこの新しい知人を見つけた喜悦《よろこび》を分けずにいられなかった。とりあえず菅に青木を引き合わせた。青木と菅と捨吉との三人は、こうして互いに往来するようになって行った。

築地に菅を見るために、捨吉は田辺の留守宅を出た。あの友だちの家《うち》へたずねて行くと、きまりで女の子が玄関へ顔を出す。そして捨吉を見覚えていて、

「時《とき》ちゃんのお友だち。」

と呼ぶ。この女の子の呼び声がもう菅の家《うち》らしかった。

「君、祖母《おばあ》さんに会ってくれたまえ。」

と菅が言って、それから捨吉を茶の間の横手にある部屋の方へ誘って行った。捨吉が友だちと向かい合ってすわっているところから、まゆの長い年とった祖母《おばあ》さんを中心にしたような家庭の中の光景《さま》がよく見える。菅の伯母《おば》さんとか従姉妹《いとこ》とかいうような人たちが、かわるがわる茶の間を出たりはいったりしている。そういうおおぜいの女の親戚《しんせき》の中で、菅が皆から力と頼まるるただ一人の男性《おとこ》であるということもよく想像せられた。

捨吉は菅を誘って青木の家《うち》をたずねるつもりであった。その時菅は高輪の学校を卒業するころに撮《と》った写真を取り出して、捨吉といっしょにあの学窓をしのぼうとした。四年も暮らした学窓は何と言っても二人になつかしかった。その写真の中には、菅、足立、捨吉のほかに、もう一人の学友がいずれも単衣《ひとえ》ものに兵児帯《へこおび》を巻きつけ、書生然とした様子に撮れていた。

菅は、ひざの上に手を置き腰掛けながら写っている足立の姿を捨吉といっしょに見て、

「僕の家《うち》に下宿してる朝鮮の名士が、この中でいちばん足立君をほめたっけ。この人は出世しそうだ、そう言ったっけ。見たまえ、この写真には僕もずいぶんおもしろく撮れてるじゃないか——まるで僕の様子は山賊だね。」と濃いまゆを動かして笑った。

菅が自ら評して「山賊」と言ったのは、捨吉自身の写真姿の方にいっそうよく当てはまるように思われた。捨吉は友だちの言葉をそのまま自分の上に移して、「まるでこの髪は百日鬘《ひゃくにちかずら》だ」(1)とも言いたかった。我れながら憂鬱《ゆううつ》な髪。じっと物を見つめているような気違いじみた目。長いこと沈黙に沈黙を重ねて来た自分の懊悩《おうのう》が自然とその写真にまで上ったかと思うと、捨吉は自分で自分の苦しんだ映像を見るさえいとわしかった。

菅の家《うち》へ来て見るたびに、捨吉には自分とこの学友との間の家庭の空気の相違が目についた。下町ふうな生活のかわりに、ここに女の手ばかりでささえらるる家族的な下宿がある。アーメンぎらいな人たちのかわりに、ここにはこぞってキリスト教に帰依する一家族がある。菅の話の中には、ある女学校の舎監を勤めるという一人の叔母《おば》さんのうわさもよく出て来る。菅の多くの従姉妹《いとこ》の中には東京や横浜のミッション・スクウルをすでに卒業したものもあり、まだ寄宿舎の方で学んでいるものもある。菅の周囲には、これほど女が多かった。またキリスト教に縁故が深かった。ここでは聖書を隠しておくような必要がない。ここでは人知れずささげる祈禱《きとう》でなくて、叔母さんから子供までいっしょにする感謝である。クリスチャンとしての菅の信仰が何となく自然なのもいわれのあることだ、と捨吉は思った。捨吉はまた、厳格な田辺のおばあさんたちのもとで育てられた自分と、かなり大きくなるまで従姉妹《いとこ》といっしょに平気で寝たという友だちとの相違を思ってみた。

友だちを誘って、捨吉はいっしょにその築地の家を出ようとした。

「時ちゃん、お出かけ?」

従姉妹《いとこ》の一人が玄関のところへ来て声をかけた。

「ああ、青木君のところまで。」

と、菅は出がけに答えた。おおぜいいる女の子はかわるがわる玄関までのぞきに来た。

高輪東禅寺《とうぜんじ》の境内《けいだい》にある青木の寓居《ぐうきょ》をさして、捨吉は菅と連れ立って出かけた。

「青木君なんかですら、西洋人の手伝いでもしなけりゃ、やって行かれないのかねえ。」

と、途中で友だちに言ってみた。菅も並んで町を歩きながら、

「何だか青木君もいろいろなことをやってるようだね。フレンド教会(2)で出す雑誌(3)の編

集なぞまでやってるようだね。」

こういう友だちといっしょに、捨吉は薄暗い世界をたどる気がした。若いものを恵むような温暖《あたたか》い光はまだどこからもさして来ていなかった。ほんとに、みんなそろって進んで行かれるような日はいつのことか、とさえ思われた。

二人そろってもとの学窓から遠くない高輪の方面へ青木をたずねて行くということを楽しみながら、捨吉はあの年長《としうえ》な新しい友だちの複雑な閲歴なぞを想像して歩いて行った。青木はもう世帯《しょたい》持ちだ。あの男は何もかも早い。結婚までも早い。それにしても青木らの早い結婚は、どんなふうにして結ばれたのであろう。かく想像すると、捨吉は自分の若い心に、あの男の書いたものに発見する恋愛観——おそらくまれに見るほどの激情に富んだ恋愛観とその早い結婚とを結びつけて考えずにはいられなかった。東禅寺の境内にはいって、いくつかある古い僧坊の一つをたずねると、青木が出て来て、「僕のところでも子供が生まれた、」というところへ捨吉らは行き合わせた。何となくひっそりとした部屋の内で、青木の仕切って借りている寓居だ。

「操《みさお》。」(4)

と、青木がほかの部屋の方へ細君を見に行くらしい声がする。「嘉代さん、嘉代さん」と細君のことを親しげに呼ぶ吉本さんの家庭を見た目でこの青木の寓居をみると、そうした気質に反抗するようなものがここにはあって、それがまたいじらしく捨吉の目に映った。ここでは細君も呼び捨てだ。青木の細君は客のあることを聞いて、赤児《あかご》とともにこもっていた部屋の方で、いろいろと気をもむらしいけはいがした。

「女の子が生まれた——僕も初めて父親《おやじ》となってみた——鶴《つる》という名をつけたが、どうだろう。」

話し好きな青木は菅や捨吉を前に置いて、書生流儀にいろいろなことを話し始めた。そばにある刻み煙草《たばこ》の袋を引き寄せ、それを鉈豆《なたまめ》の煙管《きせる》につめて喫《の》み喫み話した。菅も捨吉もまだ煙草をのまなかった。

「菅君はいい。」

と、青木が言い出した。話したいと思うことの前には、時も場合もないかのように、それを言い出した。

こう三人いっしょになってみると、もう一人の学友——青木と幾つも年の違いそうもないあの足立をここに加えたならば、とそう捨吉は思った。ふだんから静和な感じのする菅がここでみるといっそうその静和な感じのするばかりでなく、二人で面と向かって話している時にはそれほどにも気のつかないような人好きのする性質を、捨吉はそばにいる菅にみつけうるようにも思った。

「菅君はいい。」とまた青木が自分で自分の激しやすく感じやすい性質をいたむかのように言った。「ほんとに、僕なぞは冷や汗の出るようなことばかりやって来た。」

「全く、菅君はいいよ。」と捨吉も言ってみた。

「何だか僕ばかり好人物になるようだね。」と菅が笑った。

「なにしろ君、僕なぞは十四の年に政治演説(5)をやるような少年だったからね。」と青木は半分自分をあざけるように言い出した。

この青木の話を聞いているうちに、もう長いこと忘れていてめったに思い出しもしなかった捨吉自身の少年の日の記憶が引き出されて行った。かつては捨吉の周囲にもさかんな政治熱に浮かされた幾多の青年の群れがあった。彼は田辺のおじさん自身ですら熱心な改進党(6)員の一人であったことを思い出した。鸚鳴社《おうめいしゃ》(7)の機関雑誌、そのほか政治上の思想を喚起し鼓吹するような雑誌や小冊子が彼の手の届きやすい以前の田辺の家《うち》の方にあったことを思い出した。いつのまにか彼もそれらの政治雑誌を愛読し、どうかすると「子供がそんなものを読むものではない、」と言って心配してくれる年長《としうえ》の人たちのある中で、それらの人たちに隠れてまでも読みふけって、あの当時の論争が少年としての自分の胸の血潮を波打つようにさせたことを思い出した。そればかりではない、高輪の学窓に身を置いた当座まで、あの貧しいジスレイリをうらやむような心が、未来の政治的生涯を夢みるような心が自分の上に続いたことを思い出した。

「青木君にもそういう時代があったかなあ。」

と、捨吉は自分に言ってみて、今では全く別の道を歩いているような青木の顔をながめた。

ともかくも産後の細君は部屋にこもっている時でもあり、また出直してゆっくり来ることにして菅と捨吉の二人はあまり長いこと邪魔すまいとした。その秋鎌倉《かまくら》へ行ったという青木の話なぞを聞いて、やがて二人は辞し去ろうとした。青木は鎌倉の方で得て来た詩想から、すべての秋の哀しみを思って、何かそれを適当な形に盛ってみたいと言っていた。

「まあ、いいじゃないか。もっと話して行ってくれたまえ。」

と、言って青木は寺の外まで二人について来た。

「気違いになった女が毎晩この辺をうろうろする。なんでも君、貧に迫って自分の子供を殺したんだそうだ。僕はその話をあんまから聞いた……実際に住んでみると、いろいろなことが出て来るね……住み憂《う》くない場所というものは全く少ないものだね……」

こんな話をしながら青木は町の角《かど》までもついて来た。

青木に別れたあとの捨吉はそのまま菅とも別れてすぐに家の方へ帰りたくなかった。長い品川の通りを札《ふだ》の辻《つじ》の方へ歩いて、二人して何か物食う場所を捜した。長いこと沈《ちん》鬱《うつ》な心境をたどり、懊悩《おうのう》と煩悶《はんもん》との月日を送って来た捨吉には、あくせくとした自分をあざけり笑いたいような心が起こって来た。厳粛な宗教生活を送った人たちの生涯を慕うそばから、自分の内部《なか》にきざして来る気違いじみたものを、自らほしいままにしようとしてしかもそれができずに苦しんでいるようなものをどうすることもできないような心が起こって来た。何かこう酒の香気《におい》でも嗅《か》いでみたら、という心さえ起こって来た。この心は捨吉を驚かした。彼はまだ一度も酒というものを飲んでみたことがなかったから。

こうした初心《うぶ》なものの食欲を満たすような場処は、捜すに造作もなかった。あるそば屋で事が足りた。

「菅君、お酒を一つあつらえてみようかと思うんだが、賛成しないか。」

腰掛けてもすわっても飲み食いすることのできる気らくな部屋の片すみに、捨吉は友だちとさし向かいに座を占めて言った。

「お銚子《ちょうし》をつけますか。」

と、ねえさんがそこへ来てきいた。

「君、二人で一本なんて、そんなに飲めるかい。」

と、言って菅は笑った。そういう友だちはもとより杯なぞを手にしたこともない人だ。言い出した捨吉はまた、何ほどあつらえていいかということもよくわからなかった。一合の酒でも二人には多すぎると思われた。

捨吉は手をもんで、

「じゃ、まあ、五勺《しゃく》にしとこう。五勺にしとこう。」

この捨吉の「五勺にしとこう。」がそこにいるねえさんばかりでなく、帳場の方にいるものまでも笑わせた。

五勺あつらえた客は簡単に飲み食いされるものがそこへ運ばれて来るのを待った。

「青木君も君、つきあってみるとなかなかおもしろい人だろう。」と捨吉は青木のうわさをして、「この前、僕がたずねて行った時は女の人も来ていてね、三人であのお寺の裏の方の広い墓地へ行って話した。その女の人は結婚の話の相談にでも来ていたらしい。断わろうか、断わるまいか、という様子をしてね。古い苔《こけ》のはえた墓石に腰を掛けて、じっと考え込んでいたあの女の人の様子が、まだ目についてるようだ……いったい、青木君には物にかまわないようなところがあるね。あそこが僕らはおもしろいと思うんだけれども……」

「とにかく、変わってるね。」

「あそこがおもしろいじゃないか。奇人というふうに世の中から見られるのはかわいそうだ。だれかそんな評をしたと見えて、青木君がしきりに気にしていたっけ――『僕も奇人とは言われたくない』ッて。」

こんな話をしているところへ、あつらえたものが運ばれて来た。捨吉は急にかしこまって、小さな猪口《ちょく》を友だちの前に置いた。ぷんと香気《におい》のして来るような熱燗《あつかん》を注いで勧めた。一口なめてみたばかりの菅はもう顔をしかめてしまった。

「生まれて初めて飲んでみるか。」

と、捨吉も笑いながら、苦《にが》い苦い酒を含んでみた。のどを流れて行った熱いやつは腸《はらわた》の底の方までしみ渡るような気がした。

菅は快活に笑って、

「青木君で僕が感心したのは――僕もあのお寺は初めてじゃないからね――ホラ、若い書生のような人があのお寺にいたろう。あの人が僕に話したよ。自分はもうこの世の中に用のないような人間だ、青木君なればこそ自分のようなヤクザなものを捨てないでこうして三度の飯を分けてくれるんだッて――ね。ああいう人を世話するところが青木君だね。」

こうしたうわさが尽きなかった。

わずか一つか二つ乾《ほ》した猪口で二人ともあかくなってしまった。

「何だか頰《ほっ》ぺたがほてって来たような気がする。」

と、言って、やがて友だちといっしょに帰りかけたころは、捨吉の心はよけいに沈んでしまった。

青木はよく引っ越して歩いた。高輪から麻布《あざぶ》へ。麻布から芝の公園へ。そのたびに捨吉は何かしら味のある言葉を書き添えたはがきを田辺の家の方で受け取った。捨吉が日ごろ愛読するイギリスの詩人の書いたものの中から、あるいは抄訳を試みたりあるいは評釈を試みたりして、それを吉本さんの雑誌に寄せるたびに、青木からは友愛の情のこもった手紙やはがきをくれた。青木が芝の公園内へ引き移るころには短い月日の交際とも思われないほど、捨吉はこの年長《としうえ》の友だちに親しみを増して行った。

ある日、捨吉は新しい住まいの方に青木を見ようとして出かけて行った。その時の彼は吉本さんが彼のために心配してくれた新規な仕事について、一小報告をもたらして行った。

早い春の陽気はまためぐって来ていた。暖かい雨はすでに一度か二度通り過ぎたあとであった。霜の溶けた跡にあらわれた土を踏んで行って、捨吉は芝の公園内から飯倉《いいぐら》の方へ降りようとする細い坂道のところへ出た。都会としては割合に高燥な土地に、林の中とも言いたいほど樹木の多いところに、青木の新居を見つけた。丘の傾斜に添うて一軒の隠れた平屋《ひらや》があって、まだ枯れ枯れとした樹木の枝はどうかすると軒先に届くほど延びて来ていた。

青木はようやく自分の気に入った家が見つかったという顔つきで捨吉を迎えた。狭くはあるが窓の明るい小部屋でも、古くはあるが草庵《そうあん》のような静かさをもった屋根の下でも、皆捨吉に見せたいという顔つきで。

「きょうは君もいいところへ来てくれた。操のやつが子供を連れて実家《さと》の方へ行ったもんだから、おばあさんと僕とでお留守さ。」と青木は捨吉の前にすわって言った。親類のおばあさんという人はそこへ茶なぞを持ち運んで来てくれた。

「子供がいないと、やっぱし寂しいね。」

と、また青木がそこいらを見回しながら言った。

心の置けない青年どうしの話がそれから始まった。会うたびに青木は自分のもつ世界を捨吉の前にひろげて見せた。「僕はこれでほんとに弱い人間だ、小さな虫一つ殺しても気になる。」とか、「僕には友だちというものはごく少ない、しかしそうたくさんな友だちをほしいとは思わない。」とか、「僕は単なる詩人でありたくない、thinker と呼ばれたい。」とか、そういう言葉が雑談の間にまじって青木の口から引き継ぎ引き継ぎ出て来た。沈思そのものとでも言いたいような青木は、まるで考えることを仕事にでもしている人物のように捨吉の目に映った。

「時に、僕は吉本さんの学校[8]の方へ、教えに行くことになった——ほんのお手伝いのようなものだがね。」

と、捨吉が言い出した。

「四月から教えに行く[9]。できるかできないか知らないが、まあ僕もやってみる。」

とも付けたした。

その時、青木は捨吉に見せたいものがあると言って、窓のある小部屋の方からナイトの注釈[10]をしたシエクスピア全集を、幾冊かある大きな本を重そうに持って来た。ほしいほしいと思ってようやく横浜の方で捜して来たとも言い、八円か出して手に入れたとも

言うその古本を捨吉の前に置いた。それを置きながら、
「へえ、君が教えに行くとはおもしろい。ずいぶん若い先生ができたものだね。」
と、青木は戯れるように言って笑った。

小半日《こはんにち》、青木は捨吉を引き留めて、時には芸術や宗教を語り、時には苦しい世帯《しょたい》持ちの話をしたり、世に時めく人たちのうわさなぞもして、捨吉をして帰る時を忘れさせた。ある禅僧の語録で古本屋から見つけて来たという古本までも青木は取り出して来て、それを捨吉に読んで聞かせた。青木は声を揚げて心ゆくばかり読んだ。

堅く閉じふさがったような心持ちを胸の底に持った捨吉は、時には青木について屋《うち》の外へ出てみた。どういう人が住んだ跡か、裏の方にはわずかばかりの畑を造った地所もある。荒れるに任せたその土にははや頭を持ち上げる草の芽も見られる。

「ホラ、君が来てくれた高輪の家《うち》ねえ。あそこは細君に相談なしに引っ越しちゃった——あの時はひどくおこられたっけ。」

「青木君、山羊《やぎ》はどうしたね。麻布の家《うち》には山羊が二匹いたね。」

「あの山羊じゃもうさんざんな目に会った。山羊は失敗さ。」

話し話し二人は家の周囲《まわり》を歩いてみた。

「でも、ひところから見ると暖かになったね。」

「もうこの谷へはさかんにうぐいすが来る。」

枯れ枯れとした樹木の間から見えるやぶの多い浅い谷底の方はまだ冬の足跡をとどめていたが、谷の向こうには、薄青く煙《けむ》った空気を通して丘つづきの地勢をなした麻布の一部がかすむように望まれた。やぶのかげではしきりにうぐいすの鳴く声もした。春は近づいて来ていた。

耳の遠い、腰の曲がった青木の親戚《しんせき》のおばあさんは夕飯を用意して捨吉を待ち受けていてくれた。みそ汁か何かの簡単な馳走《ちそう》でも、そこで味わうものは楽しかった。

四月から始める新規な仕事、麹町の方にある吉本さんの学校のことなぞを胸に描きながら、捨吉はこの青木の住まいを出て、田辺の家の方へ戻って行った。青木のもとへ捨吉がもたらして行った一身上の報告は田辺のおばあさんをも喜ばせた。ひとりで東京の留守宅を引き受けるほどのおばあさんは、六畳の茶の間を勉強部屋として捨吉にあてがうほどのおばあさんは、もはや捨吉を子供扱いにはしなかった。これから捨吉が教えに行こうとする麹町の学校は高輪の浅見先生の先《せん》の細君が礎《いしずえ》をのこして死んだその形見《かたみ》の事業であるということなぞを聞き取ったあとで、一語《ひとこと》、おばあさんは捨吉の気になるようなことを言った。

「女の子を教えるというのが、あたいは少し気に入らない。」

女の子――それは捨吉にとっても長いこと触れることを好まなかった問題だ。無関心を続けて来た問題だ――無関心はおろか、一種の軽蔑《けいべつ》をもって向かって来た問題だ。深い感動として残っていた心の壁の絵が捨吉の胸によび起こされた。再び近づくまいと堅く心に誓っていた繁子――坂道――日のあたった草――意外なめぐりあい――白い肩掛けに身を包み無言のまま通り過ぎて行った車上の人――いっさいを捨吉はありありと自分の胸によび起こすことができた。過ぎし日のはかなさ味けなさをつくづく思い知るようになったのも、実にあの繁子からであった。忘れようとして忘れることのできない羞恥《はじ》と苦痛《くるしみ》と疑惑《うたがい》と悲哀《かなしみ》とは青年男女の交際から起こって来た。何らの心のわだかまりもなしに、どうしてこの捨吉がもう一度「女の子」の世界の方へ近づいて行くことができよう。

麹町の学校での捨吉の受持は、英語、英文学の初歩なぞであった。届いた田辺のおば(11)あさんが捨吉のために学校通いの羽織、袴《はかま》を用意してくれるころは、一度淡い春の雪も来た。おじさんは横浜の店の方から、捨吉の兄は大川ばたの下宿から、真勢さんはまた東京の方の勤めに戻ることになったという大勝のお店《たな》から、いずれも問屋回りや用たしのついでにまれに見回りに来るくらいのもので、その他はしんかんとした留守宅の庭も、庭の樹木も、一度あの白い綿のような雪でうずめられたかと思うと、一晩のうちにそれが溶けて行って、新しい生命《いのち》の芽がよけいにそのあとへあらわれて来た。おッつけもうその庭も花と若葉の世界に変わろうとしていた時だ。時々屋根の上を通り過ぎる暖かい雨の音を聞きながら、捨吉は四月の来るのを待った。

十一

四月が来た。しばらく聞かなかった学校らしい鐘の音がまた捨吉の耳に響いて来た。初めて見る教員室の前から、二階の教室の方へ通う階段の下あたりへかけて、長い廊下の間は思い思いに娘らしい髪を束ね競って新しい教育を受けようとしているような生徒らのさわやかな生気で満たされた。その中には教師としての捨吉と同年配ぐらいな生徒があるばかりでなく、どうかすると年長《としうえ》に見える生徒すらもあった。彼ははや右からも左からも集まって来るたくさんな若い人たちにとりまかれた。

そこが麴町の学校だ。相変わらず捨吉は黙しがちに、知らない人たちの中へはいって行った。中庭に面した教員室で、彼は男女の教師仲間に紹介された。すこし癖はあるが長めにしたつやのいい頭髪《かみ》をかまわずかき揚げているような男の教師の前へも行って立った。

「岡見《おかみ》君(1)です。」

と吉本さんが捨吉に紹介した。

この人が青木と並んで、吉本さんの雑誌にさかんに特色のある文章を書いている岡見だ。初めて会った岡見には、良家に生まれた人でなければ見られないような慇懃《いんぎん》で鷹揚《おうよう》な神経質があった。岡見は青木よりもさらに年長らしいが、でもまだ若々しく、すぐにも親しめそうな人のように捨吉の目に映った。

捨吉は田辺の留守宅から牛込《うしごめ》の方に見つけた下宿に移った。麴町の学校へ通うには、恩人の家からではすこし遠すぎたので。それに田辺のねえさんは横浜の店の方から激しく働いたからだを休めに帰って来ていたし、おばあさんのそばには国もとから呼び迎えられた田辺の親戚《しんせき》の娘も来て掛かっていたし、留守宅とは言ってもかなりにぎやかで、必ずしも捨吉の玄関番を要しなかったから。

牛込の下宿は坂になった閑静な町の中途にあって、吉本さんと親しい交わりのあるというある市会議員の細君の手で経営せられていた。この細君は吉本さん崇拝と言ってもいいほどあの先輩に心服している婦人の一人であった。したがってその下宿にも親切に基づいた一種の主義があって、普通の下宿から見るといくらか窮屈ではあったが――たとえば知らないものどうし互いに同じ食卓に集まるということき――しかし慣れてみれば割合に楽しく暮らすことができた。そこには庭伝いに往来することのできるいくつかの離れた座敷もあった。貧しくて若い捨吉は、あだかも古巣を離れた小鳥のように恩人の家から離れて来て、初めてそこに小さいながらも自分の巣を見つけた。彼が自分を延ばして行くということのためには、まず糊口《くちすぎ》から考えてかからねばならなかった。そのためにはわずかな学問を資本《もとで》にして、多くの他の青年がまだ親がかりで専心に勉強しているような年ごろから、田辺のおばあさんの言う「女の子」を教えに行くような辛い思いを忍ばなければならなかった。

しかし沈んだ心の底に燃える学芸の愛慕は捨吉をしてこうしたいっさいのことを忘れさせた。彼は自分の力にできるだけのことをして、そのかたわらひとりで学ぼうと志した。そのためには年長の生徒でも何でも畏《おそ》れず臆《おく》せず教えようとした。教える相手の生徒がいずれも若い女であるとは言え、それが何だ、と彼は思った。彼は何物にも煩わされることなしに、踏み出した一筋の細道をたどり進もうと願っていた。

牛込の下宿から麴町の学校までは、歩いて通うにちょうどいいほどの距離にあった。崩壊された見付《みつけ》の跡らしい古い石垣に添うて、濠《ほり》の土手の上に登ると、芝草の間に長く続いた小道が見いだされる。その小道は捨吉の好きな通路であった。そこには楽しい松の樹陰《こかげ》が多かった。小高い位置にある城郭のなごりから濠を越して向こうに見える樹木の多い市谷《いちがや》の地勢の眺望はいっそうその通路を楽しくした。あわただしい春のあゆみははや花より若葉へと急ぎつつある時だった。捨吉は目の前に望み見る若葉の世界をやがて自分の心の景色としてながめながら歩いて行くこともできるような気がした。そこに青木がある、ここに菅がある、足立がある、と数えることができた。吉本さんに紹介された岡見というような人まで、彼の眼界にあらわれて来た。一日は一日より狭い彼の心が押しひろげられて行くようにも感じられた。

その土手の上の小道で、捨吉は自分の通って行く麴町の学校を胸に描いて見ることもあった。彼は吉本さんの雑誌を通して、ほぼあの学校を自分の胸に浮かべることができるように思った。雑誌の中に出て来ることも、いろいろだ。一方にプロテスタントの精神の鼓吹があり、一方に暗い中世紀の武道というようなものの紹介がある。一方に矯風《きょうふう》と慈善の事業が説きすすめられ、孤児と白痴の教育や救済が叫ばれているかと思えば、一方にはまた眼前の事象に相関しないような高踏的な文字が並べられている。ちょうどあの雑誌の中に現われていたものは、そのまま学校の方にもあてはめてみることができた。こうした意気込みの強い、雑駁《ざっぱく》な学問の空気の中が、捨吉の胸に浮かんで来る麴町の学校だった。すべてが試みだ。そして、それがまた当時における最も進んだ女の学問する場所の一つであった。およそ女性の改善と発達とに益があると思われるようなことなら、たとえいかなる時代といかなる国との産物とを問わず、それを実際の教育に試みようとしていることが想像せられた。

麴町の方まで歩いて、ある静かな町の角へ出ると、古い屋敷跡を改築したような建物がある。その建物の往来に接した部分は幾棟《いくむね》かに仕切られて、雑貨をひさぐ店がそこにある。角には酒屋もある。店と店の間にはさまれてガラス戸のはまった雑誌社がある。吉本さんの雑誌はそこで発行されている。こうした町つづきの外郭の建築物は内部に隠れたものをとりまきながら、あだかも全体の設計としての一部を形造っているようにみえる。二つある門の一つをくぐって内側の昇降口のところへ行くと、女の小使が来て捨吉に上草履《うわぞうり》を勧めてくれる。その屋根の下に、捨吉は新参でしかも最も年少な教師としての自分を見つけたのであった。

時間の都合で、捨吉はひとり教員室に居残るようなおりもあった。そういうおりには、彼はあちこちと室内を歩き回ってみた。ガラス窓に近く行くと、静かな中庭がすぐその窓の外にある。中庭を隔てて平屋造りの寄宿舎の廊下が見える。その廊下に接して、住宅ふうな一棟の西洋館の窓も見える。ガラス越しに映る濃い海老《えび》茶色《ちゃいろ》の窓掛けも何となく女の人の住む深い窓らしかった。

吉本さんの蔵書の一部も教員室の中を飾っていた。捨吉はその書棚の前へも行って立ってみた。あの先輩の好みでかずかずの著者の名を集めた書籍の中には、古びた紙表紙の五巻ばかりの洋書も並べてあった。

「ラスキン(2)が出て来た。」

と捨吉は思いがけないものをその書棚に見つけたように言ってみた。いろいろな経営にいそがしいあの吉本さんにも、こうした『モダアン・ペインタアス』なぞをひもとこうとした静かな時があったであろうかと想像してみた。

装飾としても好ましい、古く手ずれてかえって雅致のある色彩を集めた書棚の前を行ったり来たりして見るついでに、捨吉は教員室の入り口に近い壁のところへも行って立って見た。その壁の上には、ちょうど立ってながめるにいいほどの位置に、学年の終わりごとに撮ったらしい職員生徒一同の写真の額が並べて掛けてあった。捨吉が受持の二組ばかりの生徒はその学校の普通科を卒《お》えたものばかりで、いずれも普通科卒業の記念の写真の中に見いだすことができた。彼はよく壁に掛かった額の前に立って、若草のような人たちの面影にながめ入った。

一学期も終わろうとするころまでには捨吉はだいぶ自分の新しい周囲に慣れて来た。ある日曜に、彼は田辺の家の人たちを見に行かないで、麹町の方で時を送ろうとしていた。学校からさほど遠くない位置にある会堂へ行って腰掛けた。

かつて空虚《うつろ》のように捨吉の目に映った天井の下、正面にアーチの形を描いた白壁、十字を彫《きざ》刻んだ木製の説教台、厚い新旧約全書の金縁《きんぶち》の光輝《ひかり》、それらのものがもう一度彼の目にあった。また彼は会堂の空気に親しもうとして、教会員としての籍を高輪から麹町に移した(3)が、しかし吉本さんの家族や雑誌社の連中を除いてはその教会でのなじみもごく薄かった。彼は会堂ふうな高い窓に近い席の一つを選んで後ろの方に黙然《もくねん》と腰掛けた。いくつとなく眼前に置き並べてある長い腰掛けの並行した線は過ぎ去った高輪教会時代の記憶を、あの牧師としての浅見先生の前に立って信徒として守るべき個条を読み聞かせられた受洗の日の記憶を、彼の胸によび起こした。

二つある扉《とびら》の入り口から男女の信徒らが詰めかけて来た。その中にまじって三、四人(4)の女学生が連れ立ってはいって来た。見ると捨吉が教えている生徒だ。名高い牧師の説教に遅れまいとして急いで来たらしいその様子や、向こうの腰掛けと腰掛けの間を人に会釈しつつ婦人席の方へ通ろうとする改まったようなその顔つきは、捨吉のいるところからよく見えた。数ある若い人の中でも、語学のけいこを受けに来た最初の日からがっしりとした体格と力のある額つきの目についた磯子《いそこ》(5)という生徒が歩いて行った。そのあとから、あだかも姉に添う妹のようにして静かに歩いて行ったのが勝子《かつこ》(6)という生徒だ。

勝子は二つある組の下級の生徒で、磯子よりは年少《としした》らしいが、でも捨吉と同じくらいの年ごろに見えた。処女《おとめ》のさかりを思わせるようなその束ねた髪と、柔らかでしかも豊かな肩のあたりの後ろ姿とは、言いあらわしがたい女らしさを彼女に与えた。一学期の間の成績から押して見ると、いかなる学課も人に劣るまいとするような気象の勝った生徒ではないらしかった。どちらかと言えば学問はできない方だ。女としての末たのもしさと、無器用とが、彼女にはほとんど同時にあった。

この生徒らは会堂にある風琴《ふうきん》の近くに席を占めて、思い思いに短い黙禱《もくとう》をささげていた。やがて聖書翻訳の大事業にあずかって力があると言われているその教会の牧師が説教台のところへ進んで来た。訳した人によって、訳された聖書が読まれるころは、会堂の内は聴衆で一ぱいになった。勝子らはもう捨吉のいる所から見えなかった。あのもとの高輪の学窓のチャペルで、夏期学校で、あるいはその他の説教の会で、捨吉にはすでに親しみのある半分どもったような声がポツリポツリと牧師の口から漏れて来た。

しばらく捨吉はいっさいを忘れて窓ぎわに腰掛けていた。蠅《はえ》の比喩《たとえ》なぞが牧師によって説き出された。薄暗い夕暮れ時の窓の光をめがけては飛びかう小さな虫の想像。無限に対する人生の帰趣。説教は次第に高調に達して行った。それを聞いていると、捨吉の心はとらえどころのないような牧師の言葉の方へ行ったり、自分の想像する世界の方へ行ったりした。捨吉に言わせると、彼自身の若い信仰は詩と宗教の幼稚な心持ちの混《こん》じ合ったようなもので、おとなの徹した信仰の境地からは遠いものだった。彼のキリストはあまりに詩的人格の幻影で、そこが彼自身にも物足りなかった。

ちょうどその日曜は聖餐《せいさん》の日に当たっていた。骨の折れた説教のあとで、ぶどう酒を盛った銀のコップ、食パンのきれを入れた皿が、信徒らの間にあちこちと持ち回られた、ぶどう酒はやがてキリストの血、パンはやがてキリストの肉だ。会堂の内でのこの小さな食事は楽しかった。捨吉は執事らしい人から銀のコップを受け取って、一口飲んだやつを隣りの人に渡すと、隣りの人はゴクゴクと音をさせて、さもうまそうにそのコップから飲んだ。

こうした静かな天井の下で、きまりのような集金の声を聞くほど夢を破られる心持ちを起こさせるものはなかった。集まりの終わるころには、捨吉は人よりも先に会堂の前の石段をおりた。十字架を高く置いた屋根の見える町の外へ出て、日に日に濃くなって行く青葉の息を呼吸した。

「岸本さん、お寄りになりませんか。」

と言って声をかけた人があった。会堂から出て来た吉本さんの雑誌社の連中の一人だ。説教を聞き聖餐を共にした男女の信徒は思い思いに町を帰って行く時だった。

捨吉を誘った人は榊《さかき》と言って、一、二度田辺の家の方へ手紙をよこしてくれたこともあった。牛込の下宿を経営する市会議員夫婦と言い、この榊と言い、吉本さんびいきの人たちがいろいろな方面に多いことは捨吉にも想像がついた。榊はまた子分が親分に対するような濃厚な心をもってあの先輩に信頼していた。連れ立って話し話し雑誌社まで歩いて行くうちにも、捨吉は全く自分とおい立ちを異にしているようなこの榊から吉本さんの周囲にあるいろいろな人のことを聞き知ることができた。岡見が伝馬町の自宅の方から雑誌社の隣家に来て寝泊まりするほど熱心に今では麹町の学校の事業《しごと》を助けていること、その岡見が別に小さな雑誌をも出していること、岡見にいい弟があり妹があること、岡見の弟の友だちに市川《いちかわ》(7)という青年のあること、それらの人たちのうわさが榊の口から出て来た。

「岸本さんや市川さんのことを思うと、ほんとにあなたがたの延びていらっしゃるのが目に見えるようです。」

などと榊は言っていた。

雑誌社も日曜でひっそりとしていた。そこに身を寄せて貧しさを友としているような榊は社内のある一室へ捨吉を案内した。岡見が別に出しているという小さな雑誌なぞをも取り出して見せた。その中に捨吉は市川の書いたものを見つけて、延びよう延びようとする新しい心の芽がそんなところにも頭を持ち上げていることを知った。

雑誌社の二階から隣家へかけては、吉本さんに縁故のある、あるいは学校に関係のある、いろいろな人が住むらしかった。ゴトゴトはしご段を降りて来る音をさせて、二階から榊の部屋へ日曜らしい話を持ち寄る一人の学生もあった。岡見が学校で受け持つ武道科のうわさにつづいて、薙刀《なぎなた》のけいこにまで熱心な性質をあらわすという磯子のうわさが榊とその学生との間に出た。塀《へい》一つ隔てた学校の内部《なか》の方のことは手に取るようにこの雑誌社まで伝わって来ていた。それにこの人たちは学校の食堂でまかなってもらって、三度三度食事のために通っていたから、教師としての捨吉が知らないようなことをも知っていた。

「お磯さんという人は確かに将《しょう》に将たる器《うつわ》でしょうね。」

人物評の好きな連中はそこまで話を持って行かなければ承知しないらしかった。捨吉は黙って自分の教える若い人たちのうわさを聞いていた。そのうちに勝子の名が出て来た。

「安井《やすい》お勝さん——あの人もいい生徒だそうですね。」

とその学生が榊に言った。それを聞いた時は、思わず捨吉はあかくなった。

不思議な変化が捨吉の内部《なか》に起こって来た。その年の暑中休暇を捨吉はおもに鎌倉《かまくら》の方で暮らしたが、いまだかつて経験したこともないほどの寂しい思いをした。その一夏の間、わずかに彼の心を慰めたものは、鎌倉でしばしば岡見を見たことだ。鎌倉にある岡見の隠栖《かくれが》は小さな別荘というよりもむしろ瀟洒《しょうしゃ》な草庵《そうあん》の感じに近かった。そこへ岡見は妹の涼子《りょうこ》を連れて来ていた。捨吉は言いあらわしがたい自分の心持ちをおさえようとして、さかんな蛙《かわず》の声が聞こえて来るような鎌倉のある農家の一間で、岡見が編集する小さな雑誌の秋季付録のために一つの文章(8)をも書いた。

柔々《よわよわ》しくはあるが、それだけまた賢そうな目つきをした、いい妹をもつ岡見をうらやみながら、捨吉は牛込の下宿の方へ帰って行った。自分に妹の一人もあったら。この考えは捨吉を驚かした。五人ある姉弟《きょうだい》の中でのいちばん末の弟に生まれた彼は、ついぞ妹をほしいというようなことを胸に浮かべたためしもなかったから。

ちょうど捨吉が下宿の前あたりまで帰って行くと、静かな坂道の上の方から急ぎ足に降りて来る一人の若い婦人に会った。麴町の学校の卒業生の一人だ。吉本さんの住まいや学校の方で二、三度捨吉も見かけたことのある、まれなひとみの清《すず》しさと成熟したすがたに釣り合った高い身長《みのたけ》とをもった婦人だ。この婦人も捨吉と同じ下宿をさして急いで来た。

一目見たばかりで、捨吉はこの若い立派な婦人が何を急いでいるかを知った。婚約のある情人を訪れようとして息をはずませながら、しかも優婉《しとやか》さを失わずにやって来たようなこの婦人を見たことは何を見たにもまさって、沈んだ思いを捨吉に与えた。

堪えがたい寂しさは下宿の離れ座敷へも襲って来た。しかし捨吉はそうした心持ちから紛れるような方法をみつけようともしなかった。ひとりでその寂しさをこらえようとした。四月以来起きたり臥《ね》たりした自分の小座敷をあちこちと歩いてみると、あのかれんなオフェリアの歌なぞが胸に浮かんで来る。内部《なか》から内部《なか》からと渦巻きあふれて来るような力はそうした歌の文句にでも自分の情緒を寄せずにはいられなかった。長いこと最初の一節しか覚えられなかったあの歌の全部を、捨吉は一息に覚えてしまった。

“How should I your true love know
    From another one?
By his cockle hat and staff,
    And his sandal shoon.

He is dead and gone, lady,
    He is dead and gone;
At his head a green grass turf,
    And his heels a stone.

White his shroud as the mountain snow,
    Larded with sweet flowers;
Which bewept to the grave did go,
    With true love showers.”

右訳歌

「いづれを君が恋人と
わきて知るべきすべやある。
貝の冠《かむり》と、つく杖《つゑ》と、
はける靴《くつ》とぞしるしなる。

かれは死にけり、わがひめよ、
かれはよみぢへ立ちにけり、
かしらの方《かた》の苔《こけ》を見よ、
あしの方には石立てり。

柩《ひつぎ》をおほふきぬの色は
高ねの花と見まがひぬ。
涙やどせる花の環《わ》は
ぬれたるままに葬りぬ。」

（『面影』(9) の訳より）

捨吉がくちびるをついて出て来るものは、朝晩の心やりとしてよく口ずさんでみた聖《きよ》い讃美歌でなくてこうしたかれんな娘の歌に変わって来た。鎌倉の方で聞いて来たさかんな蛙《かわず》の声はまだ耳の底にあった。あのよっぴて伴侶《つれ》を呼ぶような、耳についた声は、怪しく胸騒ぎのするまで捨吉の心を憂鬱《ゆううつ》にした。

ある日、捨吉は麹町の学校から下宿へ戻って来た。彼は自分の部屋の畳へ額を押しあてるようにして、ひとりで神の前にひざまずいた。

捨吉が幼い心の底にある神とは、多くの牧師や伝道者によって説かるる父と子と精霊の三位を一体としたようなものではなかった。神は知らざるところなく、能《あた》わざるところなく、宇宙を創造し摂理を左右して余りあるほどの大きな力の発現であるとは言え、そうした神の本質は先入主となったごく幼稚な知識から言えるのみで、捨吉の心の底にあった信仰の対象は必ずしもキリストの身に実際に体現せられ、キリストの人格に合致したようなものではなかった。有りていに言えば、エホバの神とはあの三十代で十字架にかかったというキリストよりももっと年よりで、年のころおよそ五十ぐらいで、親しい先生のようでもあればこわいおとっさんのようでもある肉体を具えた神であった。半分は人で、そして半分は神であるようなこの心像に、捨吉は旧約的な人物に想像せらるるような風貌《ふうぼう》を賦与《つけくわ》えていた。たとえば、アブラハムの素朴、モオゼの厳粛。このエホバの神が長いこと捨吉の心の底に住んでいたと聞いたら、笑う人もあるだろうか。実際、他界《あのよ》のことにかけては、捨吉は少年時代からの先入主となった単純な物の考え方に支配されていて、まるで子供のようにその日まで暮らして来たのであった。

隠れたところをも見るというこの神の前に捨吉はひざまずいた。おごそかなエホバの神のかわりに、自分の生徒の姿がつぶった目の前にあらわれて来た。若々しい血潮のさして来ているその頬《ほお》。かがやいたそのひとみ。白い、処女《おとめ》らしいその手。

「主よ、ここにあなたの小さな僕《しもべ》がおります。」

祈ろうとしても、妙に祈れなかった。

涙ぐましい夕方が来た。捨吉はひとりで自分の部屋を歩いて、勝子と名を呼んでみた。彼は自分の内部《なか》に目をさましたような怪しい情熱がどこへ自分を連れて行くのかと思った。言いあらわしがたい恐怖をさえ感じて来た。浮いた心からとも自分ながら思われなかった。

例の牛込見付から市が谷の方へ土手の上の長い小道を通って麹町の学校まで歩いて

行って見ると、寄宿舎から講堂の方へ通う廊下のところで、ノオト・ブックを手にした二、三の生徒のゆき過ぎるのが目についた。その一人は勝子と同姓だった。どこか容貌《ようぼう》にも似通ったところがあった。勝子に見られないあかいりんごのような頬がその人にあって、どうかするとその頬から受ける感じは粗野に近いほどのものであったが、それだけ地方から出て来た生地《きじ》のままの特色を多分にもっていた。その生徒と勝子とは縁つづきでもあるのか、それとも地方によくある同姓の家族からでも来ているのか、と捨吉は想像した。勝子に縁故のあることは、どんなことでも捨吉の注意を引かずにはいなかった。

黙って秘密を胸の底に隠そうとし、だれにもそれを見あらわされまいとし、たとえ幾晩となく眠られない夜が続きに続いて彼の小さな魂を揺するようにしても、かたくなな捨吉はひとりで耐えられるだけ耐えようとした。その心で、彼は自分の教場へも出て行った。上の組の生徒の中でも、ことに磯子が彼の注意を引いた。それはあの生徒が熱心で、下読みでも何でもよくして来て、おおぜいの中でもよくできるというばかりでなく、日ごろ勝子の親しい友だちであるからであった。

下の組の生徒の中には語学のけいこのあとで、思い思いに作った文章を捨吉のところへ持って来るものもあった。さすがに若い人たちは自分らの書いたものをはじるようにして、ためらいがちにそれを取り出した。

「先生。」

と呼びかける声がした。ちょうど捨吉は教場を出て二足三足階下《した》の方へ行きかけたところであった。その時捨吉は、近く来た勝子から彼女の用意した文章をも受け取って、黙って階段を降りた。彼女はなんにも知らなかった。

「岸本君——君にあてて書くこの手紙を牛込の宿で受け取ってくれたまえ。声のない哀しみをたたえた君のこのごろに心を引かれないものがあろうか。君の周囲にあるものは何事も知らないものばかりだと君は思うか。すくなくもそうした君の心持ちに対して涙をそそぐものが今この短い手紙を送る。」

こういう意味の手紙を捨吉が受け取ったのは、新しい学期の始まってから二月《ふたつき》近い心の戦いを続けた後であった。その手紙を岡見が伝馬町の自宅の方から書いてよこしてくれた。捨吉はそれを見てびっくりした。だれにも打ちあけたことのない自分の悩ましい心持ちが、神よりほかにだれも知るもののないと思った自分の胸の底の底に住み初めた秘密が、岡見の手紙の中に明らかに書いてある。

「こひすてふ[10]
わが名はまだき
立ちにけり、
人知れずこそ
思ひそめしか。」

古い死んだ歌の言葉がその時捨吉の胸に生きて来た。あの時を経て無意味になるほどすりへらされたような言葉の影に、それを歌った昔の人の隠された多くの心持ちがしみじみと忍ばれて来た。あの歌は必ずしも彼の場合にあてはまるとは思われなかったが、すくなくも幼い心において一致していた。彼はそこに自分の姿を見た。その姿ははや人目につくほど包み切れないものとなったかとさえ思われた。

しかし同情のこもった岡見の手紙は、いったんは捨吉をびっくりさせたが、それをよこしてくれた岡見の心情を考えさせた。なぜ岡見がその一夏の間鎌倉の禅堂に通うほどの思いをし、なぜあれほど身を苦しめ、なぜあれほど涙の多い文章を書き、なぜまた自分のところへこうした慰めの言葉を送ってくれたか。勝子に向かって開けた捨吉の目は、岡見のすることを読むようになった。そればかりではない。捨吉はその目を青木にも向けた。何という矛盾だろう、世に盲目と言われているものが、あべこべに捨吉の目を開けてくれたとは。そして今まで見ることのできなかったような隠れた物の奥を見せてくれるとは。

暗いところにある愛のたましいはしきりに物を捜しはじめた。彼は自分の身の周囲《まわり》にある年長《としうえ》の友だちや先輩ばかりでなく、ずっと遠い昔に歌集や随筆をのこして行った徳の高い僧侶《ぼうさん》の生涯なぞを考え、だれでも一度は通りこさねばならないような女性に対する情熱をそれらの人たちの若い時に結び着けて想像し、あの文覚上人《もんがくしょうにん》(11)のような男性的な性格の人の胸にかけられたという婦人の画像を想像し、それからまた閑寂《かんじゃく》を一生の友としたあの芭蕉《ばしょう》のような詩人の書きのこしたものにも隠れた情熱の香気のあることを想像し、どうかするとその想像を香油《においあぶら》でキリストの足を洗ったという新約全書の中の婦人(12)にまで持って行った。

岡見を見ようとして捨吉は牛込の下宿から出かけて行った。岡見からよこしてくれた手紙の返事を書くかわりに、直接にたずねて行こうと思ったので。この訪問は捨吉に特別な心持ちをもたせた。岡見のたずねにくいのは、あの手紙の返事の書きにくいのと変わらなかった。

黒い土蔵造りの問屋の並んだ日本橋伝馬町辺の町中に、岡見のような人の生まれた家《うち》を捜すことは捨吉にめずらしく思われた。大勝のお店《たな》により、石町《こくちょう》の御隠居の本店《ほんだな》により、その他大勝一族《いちまき》の軒を並べた店々により、あの辺の町の空気は捨吉に親しいものであった。ある町の角《かど》まで行くと、そこに岡見とした紺《こん》ののれんを見つけた。奥深い店の入り口から土蔵の方へ鰹節《かつおぶし》の荷を運ぶ男なぞが目につく。その横手に別に木戸がある。捨吉はその木戸の前に立ってベルを押した。

麹町の学校や鎌倉の別荘に岡見を見た目で、その時女中に案内された茶の間や数寄《すき》を凝らしたせまい庭先を見ると、何となく捨吉は岡見の全景を見たような気がした。そこには伝馬町あたりの町中とも思われないほどの静かさがある。その静かさの中に、にわかに親しみを加えたような岡見の笑顔を見つけた。

「妹も鎌倉から帰って来ています。よく君のおうわさが出ます。」

そういう調子からして江戸ッ子らしかった。岡見はもう何もかものみこんでいるという顔つきで、時々高い声を出して快活に笑ったが、でも顔の色はあおざめて見えた。

奥の座敷の方から涼子が復習《さら》うらしく聞こえて来る琴の音はよけいにその茶の間を静

かにした。吉本さんのうわさが出た。あの先輩の周囲にあるものが必ずしも雑誌社の連中のような崇拝家ばかりでないことが、岡見の口ぶりで察せられた。のみならず、へたな吉本さんびいきの多いことが、心あるものに一種の反感をさえ引き起こさせた。こういうことを岡見は眼中に置かないわけにはいかなかったらしい。何と言っても吉本さんは時代の寵児《ちょうじ》の一人で、それに岡見は接近し過ぎるほどあの先輩に接近していたから。もともとあの先輩に岡見を近づけたのも、任俠《にんきょう》を重んずる江戸ッ子の熱い血からであったろうが。

こうした複雑な、蔭ひなたのある、人と人との戦いの多い、おとなの世界の方へいつのまにか捨吉も出て来たような気がした。麴町の学校の方のうわさにつれて岡見の話は捨吉が待ち受けて行ったような人のうわさに触れて行った。

「お勝さんか。」と岡見が言った。「なかなか性質《たち》のいい人ですよ。ふっくりとできたような人ですが、あれでなかなかしっかりしたところがあります。」

その時、年長の岡見がまともに捨吉を見た目には心の顔を合わせたようなマブしさがあった。捨吉は何とも答えようがなかった。

「だめです、あんな気の弱い人は。」

とかなんとか言い紛らわそうとしたが、思わず若い時の血潮が自分の頬に上って来るのを感じた。それぎり岡見は勝子のことも言い出さなかった。しかし雑談の間にまじって出て来たその短いうわさだけで捨吉にはたくさんだった。捨吉はまだだれにも話さずにあることをこの岡見に引き出された。親しい学友どうしの間にすら感じられないような深い交渉が、一息にそこから始まって来たような気もした。鎌倉以来二人の間の話頭に上るようになった市川のうわさが、その日も出た。捨吉はまだ市川を知らなかった。岡見が出している小さな雑誌の秋季付録でいっしょに書いたもの(13)を並べたに過ぎなかった。

「市川君という人にはぜひ一度会ってみたい。」

「なんなら、私の方から御紹介しましょう。ついこの近くです。本船町《ほんふなちょう》にいます。こいつがまた、なかなか常道《じょうどう》を踏まないやつなんです。」

市川の話になると、岡見は我れを忘れてひざを乗り出すようなところがあった。それほど岡見はあの人をひいきにしていた。

「でも、本船町あたりにおもしろい人ができたものですね。」と捨吉が言った。

「市川君のラブの話というのが実に変わってる。おもしろいことを言い出すからね。『僕のラバァはもう死んで、この世にはいない、』なんて。そうかと思うと、いつのまにかそいつがまだ生きている——私はよく弟にそう言うんです。市川という男は、あれはつけ火をして歩くやつだ。どうもあの男は方々へ火をつけて歩いて困る。」

こう話し聞かせる岡見は、人の心に火をつけて歩くという若者の様子を手まねにまでして見せて、笑った。

捨吉がまだ市川を知らないように、岡見はまだ青木を知らなかった。捨吉は岡見に青木を紹介することを約した。「そのうち弟にも会ってやってください、」と岡見が言った。岡見には清之助《せいのすけ》という弟があって、市川と同じようにこの下町から高等学校へ通っているとのことであった。

岡見の家を出て、少年の時からの記憶の多い下町の空気の中を牛込の方へ帰って行くころには、いろいろ捨吉の胸に思い当たることがあった。岡見の話のはじで、あの涼子こそ、捨吉には未知の友ではあるが鎌倉以来よくうわさの出る市川の意中の人であるとわかって来た。静かな茶の間で聞いて来た琴の音はまだ捨吉の耳についていた。あの音が涼子を語った。涼子はどこか大勝の娘に共通したところのある細腰で繊柔《きゃしゃ》な下町ふうの娘で、岡見のような兄の心持ちもよくわかるほどの敏感な性質を見せていた。それに涼子はひところ麴町の学校へも通ったことがあるとかで、磯子とは親しく、勝子をもよく知っているということが、他人でないようななつかしみを捨吉にもたせた。捨吉は市川を知る前に、まず涼子の方を知った。その意味から言っても、あの怜悧《れいり》な娘が選んだ未知の青年に会いたかった。

下宿へ戻ってみると、岡見に会って話して来たことがいっそう勝子に対する捨吉の恋の意識を深くさせた。勝子はもう捨吉の内にも外にもいるようになった。どうかすると、彼女の大きく見開いたような女らしい目が彼の身に近く来る。時には姉さんらしい温かみのある表情で。時にあまえる妹のような娘らしさで。

しかし捨吉は教師だ。そして勝子は生徒だ。それを思うと苦しかった。岡見の口ぶりで見ると磯子の組の生徒の中には教師としての捨吉を見つめているようなかなり冷たい鋭い目が光っている。その目がまず捨吉の秘密を見破ったとある。そればかりではない、学校の職員の中には教員室である年若な生徒の手を握ったとかいうものがあって、それが年ごろの生徒仲間にかなりな評判として伝わっている。捨吉は人を教えるという勤めの辛さを味わった。どうかして自分の熱いせつない情《こころ》を勝子に伝えたいとは思っても、それを伝えようと思えば思うほど、よけいに自分をおさえてしまった。

彼は勝子のおい立ちにつき、彼女の親たちにつき、兄弟につき、知りたいと思うかずかずのことをもっていた。彼女が麹町の学校の近くから通って来ることを伝え聞いたのみで、まだ彼は勝子の住む家《うち》をすら突き留める事ができなかった。手がかりとても少なかった。たまにそうした機会をとらえうるようなことがあっても、幼い心の彼はそれをつかまない前にもう自分の顔をあからめた。

眠りがたい夜が続いた。どうかすると二晩も三晩も全く眠らなかった。例の小座敷に置いた机の上には、生徒から預かった作文が載せてあった。その中には最近に勝子の書いた文章もはいっていた。読んでみるとおもしろくもおかしくもない文章がなんにも知らない鳩《はと》のような胸からただやすらかに流れて来ている。捨吉はその作文がまっ赤《か》になるほど朱で直してみて、ひとりで黙っている心をこらえた。

にわかに友だちどうしの交遊が広がって来た。青木からのはがきで、岡見を紹介された喜びを述べて、同君を待ち受けるのは近ごろ愉快な事の一つだと、捨吉のところへ言ってよこした。岡見が芝の公園に青木をたずねるころには、それと相前後して捨吉は本船町に市川をたずねて行った。

荒布橋から江戸橋へかけて、隅田川に通ずる堀割《ほりわり》の水があだかも荷船の碇泊処《ていはくしょ》の趣をなしている一区画。そこは捨吉が高輪の学校時代の記憶から引き離して考えられないほどふるいなじみの場処だ。よく捨吉は田辺のおじさんの家《うち》からもとの学窓の方へ歩いて帰ろうとして、そこまで来るときっと足を休めたものだ。いつながめて通っても飽きることを知らなかったあのごちゃごちゃと入り組んだ一区画からほど遠からぬ町の中に、市川の家があった。

「市川君はこんなところに住んでるのか。」

それを思ったばかりでも、下町育ちの捨吉には特別のなつかしみがあった。

「仙《せん》ちゃんのお客さま。」

という声が店先でして、やがて捨吉を案内してくれる小僧がある。薬種を並べた店の横手から細い路地について奥の方へはいって行くと、母屋《おもや》の奥座敷から勝手口までが見える。捨吉はその路地のところで市川のねえさんらしい人の挨拶《あいさつ》するのに会った。母屋から離れた路地の突き当たりの裏二階に市川の勉強部屋があった。

岡見を通し、書いたものを通し、すでに知り合いの間がらのような市川はごく打ち解けた調子で捨吉を迎えてくれた。この人は捨吉の周囲にある友だちのだれよりも若かった。町のひびきも聞こえないほど奥まった二階の部屋で、広い額の何よりまず目につく市川の前にすわってみた時は、捨吉は初めて会う人のような気もしなかった。

「仙ちゃん、お茶をあげてください。」

と声がして、はしご段のところへ茶道具を運んで来る家《うち》の人がある。市川はそれを受け取りに行って、やがて机のそばで捨吉に茶を勧めてくれた。壁には黒いボタンのついた高等学校の制服も掛けてあった。すべてが捨吉にとって気が置けなかった。

若いものどうしはいつのまにか互いに話したいと思うような話頭に触れて行った。捨吉はすでに涼子のことを知っていたし、市川も岡見を通して勝子の話を聞いていた。うなずき合った一日の友は、十年かかっても話せない人のあるようなことをただ笑い方一つで互いの胸に通わせることができた。

「伝馬町はにいさんによく似てますね。」

と捨吉が言い出した。

ふと捨吉は伝馬町という言葉を思いついて、自分ながら話すに話しいいと思って来た。竈河岸、浜町《はまちょう》、それで田辺の家《うち》の方では樽屋《たるや》のおばさんや大川ばたの兄を呼んでいた。それを捨吉は涼子に応用した。

「伝馬町はよかった。」

と市川も笑い出した。さすがに涼子のことになると、市川も頰を染めた。

あれほど市川に同情を寄せ捨吉に手紙をくれた岡見も、まだ自分から熱い涙の源を語らなかった。

「岡見君はいったいどうなんですか。」

捨吉は自分の胸に疑問として残っていることを市川の前に持ち出した。あれほど市川に同情を寄せ捨吉に手紙をくれた岡見も、まだ自分から熱い涙の源を語らなかった。

「お磯さんという生徒がありましょう。」

「そうですか――あの人ですか――おおかたそんなことだろうと思ってました。」

この二階へ来てみて、初めて捨吉は岡見の心情を確かめた。市川の口から磯子の名を聞いたばかりで、かねての捨吉の想像がみなその一点に集まって来た。

「ところがです。」と市川は捨吉の方へひざを寄せながら、「お磯さんという人は、君も知ってるとおりな強い人でしょう。吉本さんを通して岡見君の心持ちをあの人まで話してもらったところが、その返事が、どうしてもお磯さんです。先生としてはどこまでも尊敬する。しかし、その人を自分のラバァとして考えることはどうしてもできないと言うんだそうです。そうなって来ると岡見君の方でもよけいに心持ちが激して来て……教場なぞへ出ても、実に厳然として生徒に臨むというふうだそうです……」

こう話し聞かせる市川の広い額はあお白く光って来た。市川はまたずっと以前の岡見をも知っていてあの軽い趣味に満足していた人が今日のような涙の多い文章を書く岡見に変わって来たことを捨吉に話した。そういう話をする調子の中にも、市川は若者と思われないほどの思慮を示した。子供とおとながこの人のあお白い額や特色のある隆《たか》い鼻には同時にすんでいた。やがて市川は岡見といっしょに編集したという例の小さな雑誌の秋季付録を捨吉の前に取り出した。二人とも好きな詩文の話がそれから尽きなかった。再会を約して捨吉は市川のもとを離れた。彼の胸は青木や、岡見兄弟や、市川や、それから菅、明石(14)のことなぞで満たされた。同時に、磯子、涼子、勝子、もしくは青木の細君のことなぞがいっしょになって浮かんで来た。何となく若いものだけの世界がそこへできかけて来た。芝公園、日本橋伝馬町、本船町、そこにも、ここにも、ついた燈火《あかり》が捨吉に見えて来た。

十二

「月日は百代の過客《くわかく》にして、行きかふ年もまた旅人なり。船の上に生涯をうかべ、馬の口をとらへて老《おい》をむかふるものは日々旅にして、旅をすみかとす。古人も多く旅に死せるあり。予《よ》もいづれの年よりか片雲《へんうん》の風にさそはれて漂泊のおもひやまず、海浜にさすらひ、去年《こぞ》の秋江上《かうじやう》の破屋《はをく》に蜘蛛《くも》の古巣をはらひて、やや年も暮れ春立てる霞《かすみ》の空に白川の関こえんと、そぞろ神《がみ》のものにつきて心をくるはせ、道祖神《だうそじん》のまねきにあひて取るもの手につかず、股引《ももひき》の破れをつづり、笠《かさ》の緒《を》付けかへて、三里に灸《きう》すゆるより松島の月まづ心にかかりて、住める方は人に譲り杉風《さんぷう》が別墅《べつしよ》にうつる。

草の戸も
住替《すみかは》る代《よ》ぞ
雛《ひな》の家。

面八句《おもてはちく》を庵《いほり》の柱に懸け置き、弥生《やよひ》も末の七日、明けぼのの空朧々《おぼろおぼろ》として月は有明《ありあけ》にて、光をさまれるものから、不二《ふじ》の峰かすかに見えて、上野谷中《うへのやなか》の花のこずゑまたいつかはと心細し。むつまじきかぎりは宵《よひ》よりつどひて、船に乗りて送る。千住《せんじゆ》といふところにて船をあがれば前途三千里の思ひ胸にふさがりて、幻の巷《ちまた》に離別の泪《なみだ》をそそぐ。

ゆく春や
鳥啼《な》き魚の
目は泪《なみだ》。

これを矢立《やた》ての初めとして行く道なほすすまず。人々は途中に立ちならびて、後ろかげの見ゆるまではと見送るなるべし、今年《ことし》元禄《げんろく》二《ふた》とせにや、奥羽長途《あうういちやうど》の行脚《あんぎや》ただかりそめに思ひ立ちて呉天《ごてん》に白髪のうらみを重ぬといへども、耳にふれてまだ目に見ぬさかひ、もし生きて帰らば、と定めなき頼みの末をかけ、その日やうやく早加《さうか》といふ宿《しゆく》にたどり着きにけり。痩骨《そうこつ》の肩にかかれるものまづ苦しむ。ただ、身すがらにといで立ちはべるを、紙子《かみこ》一衣《いちえ》は夜の防ぎ、浴《ゆ》かた、雨具、墨、筆のたぐひ、あるはさりがたきはなむけなどしたるは、さすがに打ち捨てがたく、路次《ろじ》の煩《わずら》ひとなるこそわりなけれ。」

『奥の細道』

牛込の下宿で捨吉はこの芭蕉の文章をあけた。昔の人の書きのこしたものを読んでみて自分の若い心を励まそうとした。

声を出して読みつづけた。読めば読むほど、捨吉は精神《こころ》の勇気をそそぎ入れらるるように感じた。彼は波のようにおどり騒ぐ自分の胸を押えて、勝子を見るにも堪えられなくなって来た。それほどまで彼が沈黙を守りつづけたのも、愛することを粗末にしたくないと考えたからで。のみならず、黙って行き黙って帰る教師としての勤めをいっそう苦しく不安にしたものは、どうやら彼が学問の資本《もとで》の尽きそうになって来たことであった。不慣れな彼は、あまりに熱心に生徒を教え過ぎて、一年足らずの間にわずかな学問をみな出しきってしまった。それ以上、教える資本《もとで》がないかのように自分ながらあやぶまれて来た。有りついた職業も、それを投げ出すよりほかにしかたがないほど、教師としてもゆきづまった。

捨吉の二十一という年も二週間ばかりのうちに尽きようとするころであった。麹町の学校でも第二学期を終わりかけていた。彼はある悲しい決心をつかんだ。

「古人も多く旅に死せるあり。」

とその『奥の細道』の中にある文句を繰り返した。

ちょうど、岡見兄弟と市川とは、それまで出していた小さな雑誌を大きくしようという計画を立てていた。青春の血潮は互いに性質の異なった青年を結び着けて、共同の仕事のもとに集まらせようとしていた。青木も、捨吉も、その仲間に加わろうとしていた。年若ながらに兄らの仕事に同情のある涼子をはじめ、磯子、勝子、それから麹町の学校の卒業生で岡見や涼子らの間によくうわさの出る西京《さいきょう》の峰子《みねこ》(1)なぞの人たちを背景にもったことが、いっそうこの勢いを促した。ちょうど来る年の正月には同人の新しい雑誌(2)もできようというところであった。その中で、にわかに捨吉は旅を思い立った。捨吉は田辺のおじさんをはじめ、おばあさん、ねえさんらの恩人のことを忘れ、大川ばたの兄のことも忘れ、遠く郷里の方に彼のために朝夕の無事を祈っているおっかさんのことも忘れてしまった。彼はいっさいを破って出て行く気になった。

麹町の学校の方の仕事は妻子のある青木のために残して行こう。青木も骨が折れそうだ。そう思って捨吉は芝の公園へたずねて行った。この捨吉のこころざしを青木は快く受けいれたばかりでなく、自分にもし妻子がなかったらいっしょに旅に上ったであろう。飄遊《ひょうゆう》はわが天性であるというほどの語気で捨吉を慰めてくれた。ゆくゆくは青木のような友だちの教え子として、勝子のことを考えるのも、せめてもの捨吉の心やりであった。

青木をたずねたついでに捨吉は築地の菅の家へそれとなく別離《わかれ》を告げに寄った。相変わらず菅は静かな、平らな心持ちで、ある西洋人の仕事の手伝いなぞをしながら、ひとりでコツコツ勉強を続けていた。検定試験に及第して伊予《いよ》の方のある私立学校の教師として赴任して行った足立のうわさも出た。

「菅君、しばらく僕は旅をして来るかもしれない。」

と捨吉は何げなく言って、この旧友にも青木らといっしょに同人の雑誌の仲間入りをすることを勧めた。何らのうれしいも悲しいもまだ知らず顔な旧友の話は、ひどく捨吉には物足らなかった。

麹町の学校へも捨吉は最終の授業の日を送りに行った。彼は平素とすこしも変わった様子のない勝子を同じ組の他の生徒の間に見た。十二月の末らしい日の光は、二階の教場の窓ガラスを通して、黒板の上までさして来ていた。彼は新しい白墨の一つを取り、その黒板に心覚えの詩の句を書きつけ、それに寄せて生徒に別離《わかれ》を告げた。若くて貧しい捨吉は何一つ自分の思慕のしるしとして勝子に残して行くような物をもたなかった。わずかに、その年まで守りつづけて来た幼い「童貞」を除いては。涙一滴流れなかった。それほど捨吉は張りつめた心で勝子から離れて来た。牛込の下宿に帰ると彼は麴町の教会の執事にあてて退会の届をしたためた。

御《おん》届《とどけ》

私儀感ずるところこれあり、今回教会員としての籍を退きたく、何とぞ御除名くだされたく候《そうろう》。

と書いた。せつない恋のためには彼は教会をさえ捨てて出て行く気になった。

ぶらりと捨吉は恩人の家の方へ帰って行った。麴町の学校を辞するとまもなく、牛込の下宿も畳んで、冬休みらしい顔つきでわずかの荷物と書籍とを田辺の門の内へ運んだ。自分のしたこと、考えることについては、何事も目上の人たちに明かそうとはしなかった。

「にいさん。」

と大きくなった弘が捨吉を見つけて飛んで来た。いつ見ても人なつこいのは弘だった。

捨吉は何とも言ってみようのないような心持ちで、すがりつく弘のからだを堅く抱きしめた。

もう一度捨吉はおじさんの家《うち》の玄関に、よく取次に出てはお辞儀をして奥の方へ客の名前を通したりその人の下駄《げた》を直したりした玄関に、片すみに本箱を並べて置いてそこを自分の小さな天地とした玄関に、しょんぼりと帰って来た自分を見つけた。はかない少年の夢が破れて行った日から、この世の中は彼にとって全く暗く味けなくなってしまい、あの田辺のおじさんが沈んだ彼の心を引き立たせようとしておもしろそうな芝居に誘ってくれようと、あのねえさんが彼の好きそうな縞柄《しまがら》を見立ててどんな着物を造ってくれようと、何一つ楽しいと思ったこともなく、寂しい寂しい月日を独りでこつこつたどって来たような彼も、今こそ若い日の幸福を——長い間、自分の心に求めていたものを見つけたように思って来た。その寂しい月日が長かっただけ、心を苦しめることが多かっただけ、それだけ胸に満ちる歓喜《よろこび》も大きなもののように思って来た。

しかし、捨吉がその歓喜《よろこび》を感じうるころは、やがて何らの目的《めあて》もない旅に上ろうとしている時であった。青木も心配して、菅と連れ立って、田辺の家に捨吉を見に来た。

まもなく新しい正月が来た。町々を飾る青い竹の葉が風にしなびてガサガサ音のするような日の午後に、捨吉は勝手口の横手にある井戸のそばを回って物置きから草箒《くさぼうき》とちり取りとを持って来た。表門のくぐり戸をあけて、田辺とした表札の横に、海老《えび》、橙《だいだい》、裏白《うらじろ》、ゆずり葉などで飾った大きな輪飾りの見える門の前をまず掃き清めた。楽しそうな追羽子《おいばね》の音は右からも左からも聞こえて来ていた。捨吉は門の内にある格子戸の前の敷き石の上を掃いた。それから庭の方へ通う木戸をあけて、手にした箒を茶の間の横の乙女椿《おとめつばき》のそばへも持って行き、築山《つきやま》ふうな楓《かえで》の木の間へも持って行き、すっかり葉が落ちて幹肌《みきはだ》のあらわな梧桐《あおぎり》の根元のところへ持って行った。横浜の店の繁盛とともに、東京の方で留守居するおばあさんやねえさんのもとへは楽しそうな正月が来ていた。捨吉はそのおばあさんたちのいる奥座敷の前から、飛び石に添うて古い小さな井戸のある方までも掃いて行った。冷たい冷たい汗が彼の額を流れて来た。

本二冊、それにわずかな着替えの衣類をふろしき包みにして、捨吉は夕方の燈火のつくころに黙って恩人の家を出た。(3)

夕闇《ゆうやみ》にまぎれて捨吉は久松橋を渡った。人形町の通りを伝馬町まで歩いて行って、岡見の店の横手にある木戸の前へ行って立った。

清之助――岡見の弟は、庭下駄をはいて出て来て自分で木戸をあけてくれた。清之助は例の茶の間で捨吉を待っていてくれた。

「兄は鎌倉の方で君をお待ちすると言って、きょう出かけて行きました。妹もいっしょに。」

と清之助は捨吉を迎え入れて言った。

茶の間の中央にある四角な炉の周囲は、連中が――そうだ、もはや連中と呼んでもいいほど親しくなった若いものどうしが互いに集《つど》っては詩文を語る中心の場所のようになっていた。そこでは同人の雑誌も編集された。その炉ばたで、さし向かいに火をながめて、互いにてのひらをあぶりながら語り合うほど、捨吉は清之助の静かな性質を知るようになった。

「清さん、お客さまにあげてくださいな。」

と障子越しに来て呼ぶ清之助のおっかさんの優しい声がした。おっかさんは障子の影で、いろいろと女中のさしずをして行くらしかった。やがてポツポツ食べながら話のできるような馳走《ちそう》が出た。

「何と言っても、自分らの雑誌はかわいい。」

清之助は捨吉を前に置いて、実にゆっくりゆっくり食べながら話した。

寂しい霙《みぞれ》の降り出す音がして来た。伝馬町あたりの町の中とも思われないほど静かな茶の間で、捨吉はしとしと庭の外へ来る霙の音を聞きながら、別離の晩らしい時を送った。十二時打ち、一時打っても、まだ話が尽きなかった。

その晩は捨吉は伝馬町に泊まった。急激に転下して行くような彼の若い生涯は、たとえ十年の友にもまさるほどの親しみはあっても何と言ってもまだ交わりの日の浅い清之助と枕を並べて、この茶の間の天井の下にいっしょに寝ることを不思議にさえ感じさせた。床についてからも、清之助はすぐ捨吉を眠らせなかった。

「今夜はぜひ、君に聞いておきたい……そりゃ、まあ言わなくたってわかってるようなものだがね、まだ君の口から意中の人をさして話してもらわない。ぜひ、それを聞かせてもらいたい……その人の名前を今夜確かめておきたい……もしまた、あとになって人が違ってた、なんてことになると困るからね……」

こんなことを言って、清之助は夜の二時過ぎまでも捨吉をうならせた。

目に見ることのできない大きな力にでも押し出されるようにして、捨吉は東京から離れて行った。伝馬町に泊まった翌日は新橋から汽車で、車窓のガラスに映る芝浜《しばはま》の裏手、東禅寺の上の方から一帯に続く高台、思い出の多い高輪の地勢が品川の方へ落ちているあの大都会の一角をいちばんしまいにながめて通って行った。

捨吉は鎌倉にある岡見の別荘まで動いた。そこは八幡宮《はちまんぐう》に近い町の裏手にあたって、平らな耕地にとりまかれたような位置にある。あの正宗屋敷《まさむねやしき》という方にあった農家から、捨吉はよく田んぼの道づたいに岡見を見に来た一夏の間を思い出すことができた。あの稲の葉の茂った田んぼの間から起こる蛙《かわず》の声を思い出すことができた。あの青いひょうたんのなりさがった隠者の住まいのような門をたたくと、岡見がよくあおざめた顔つきをして自分を迎えてくれたことを思い出すことができた。すべては捨吉にとってまだきのうのことのような気がしていた。

ちょうど岡見も学校の休暇の時で、その「隠れ家《かくれが》」に捨吉の来るのを待ち受けていてくれた。東京から見るといくらか暖かい部屋の空気の中で、捨吉は岡見や涼子といっしょになることができた。

「お涼さん、あのお預かりしたものを岸本さんにあげたらいいでしょう。」

と岡見に言われて、涼子はそこへ仕立て卸しの綿入れ羽織を持って来た。

「これは高等科の生徒一同から君へのお餞別《せんべつ》だそうです。『岸本先生の熱心は、一同の感謝するところでございます』と言って、丁寧な言葉まで添えてありました。これは東京の方で君にあげるよりか、旅にお出かけになる時にあげたいなんて、妹がわざわざ鎌倉までお預かりして来ました。」

と岡見が言った。

思いがけない麴町の学校の生徒からの贈物を鎌倉で受け取ることは、旅に出かける矢先だけによけいに捨吉を喜ばせた。岡見は捨吉のために、さしあたりの路用の金を用意しておいてくれたばかりでなく、西京には涼子らが姉のように頼む峰子がいる、旅のついでにたずねて行け、不自由なことがあったら頼め、と言って西京あての手紙までも用意しておいてくれた。知己のなさけは捨吉の身にしみた。彼はそれを痛切に感じ始めたほど、身はすでに漂泊のさかいにあることを感じた。

「お峰さんのところへは私からも手紙を出しておきましょう。」

と涼子がにいさんの方を見て優しく言葉を添えた。

「お峰さんか。まあ、お会いになればわかりますが、こいつがまたなかなかのすね者なんです。」

この岡見の調子は捨吉をほほえませた。いくらか物を大げさに言うのが岡見の癖であったから。

「お涼さん、お前さんのお餞別もついでにここへ出しちゃったらいいでしょう。」と岡見はにいさんらしく言って、やがて捨吉の方を見て、「岸本さんにあげたいと言って、妹は袋を一つ縫いました。」

岡見のそばで見るにふさわしい涼子は、清之助よりもむしろこの年長のにいさんの方に合うらしかった。彼女は捨吉のために見立てた茶色の切れ地で縫ったという旅行用の袋を取り出して来て、それを岡見の前に置いた。時々岡見の爆発するような笑い声が起こると、彼女はそれを楽しそうにして聞くばかりでなく、岡見と捨吉の間に出る同人の雑誌の話、連中のうわさなぞにも熱心に耳を傾けた。磯子に対する岡見のやるせない心持ちにも姉妹じゅうでいちばん同情を寄せているのは彼女らしかった。

「青木君の結婚の話がいいじゃないか。先生はあの細君をかつぎ出しちゃったと言うんだから。」

「青木君のは自由結婚だそうですね。」

岡見と捨吉とが語り合うそばで、涼子はかすかな深い微笑《えみ》をみせていた。

二汽車ばかり遅れて清之助も東京から捨吉のあとを追って来た。高等学校の制服でやって来た清之助を加えたので、狭い別荘の内はいっそうにぎやかになった。

「ちょっと失敬します。そこいらへ行って草鞋《わらじ》をみつけて来ます。」と、捨吉が言い出した。

「今、ばあやに取りにやりますよ。」と涼子は立って来て言った。

「とにかく、今夜はここへお泊まりなさい。弟もそのつもりで来たんですからね。草鞋はあすの朝までに買わしておきましょう。」と岡見も捨吉をいたわるような調子で。

「あんまりお世話になって、お気の毒だ。」と捨吉が言った。

「なあに、そんなことありゃしない。まあ、今夜は大いに話すさ。しばらくもうお別れだ。」

夕飯には涼子の手料理で、心づくしの馳走があった。捨吉はこれから先の旅の話をして、西京へ行ったらまだ会ったことのない峰子をもたずねようし、ことによったら伊予の方へも旅して、そこに教鞭《むち》を執っている足立をもたずねよう、とにかくこれから東海道を下って行ってみるつもりだと話した。涼子もそこへ来て、夜の燈影《ほかげ》に映る二人のにいさんたちの顔と旅に行く捨吉の顔とを見比べていた。

そこいらがシーンとして来たころ、岡見はまず畳の上にひざまずいて、

「岸本君のために祈りましょう。」

と言い出した。清之助も、涼子も、捨吉も、みなそこへひざまずいた。激情に富んだ岡見は熱い別離《わかれ》の祈りを神にささげた。

「主《しゅ》よ。すべてをしろしめす主よ。大なる幸福に先だって大なる艱難《かんなん》と苦痛とを与えたもう主よ。われわれが今送ろうとしている一人の若い友だちの前途は、ただあなたが

あってそれを知るのみでございます。」

こんなふうに祈った。清之助もまた静粛な調子で、捨吉のために前途の無事を祈ってくれた。


翌朝早くから捨吉は旅のしたくを始めた。田辺の家を出る時に着て来た羽織を脱いで、麴町の学校の生徒が贈ってくれたという綿入れ羽織に着替えた。脛《すね》には用意して来た脚絆《きゃはん》をあてた。脱いだ羽織、わずかの着替え、本二冊、紙、筆なぞは、涼子から贈られた袋とともに一まとめにして、肩に掛けても持って行かれるほどのふろしき包みとした。岡見兄弟といっしょの朝茶も、着物の下に脚絆をあてたままで飲んだ。

前途の不安は年の若い捨吉の胸に迫って来た。「お前は気でも狂ったのか」とひとに言われても彼はそれを拒むことのできないような気がしていた。その心から、岡見にたずねてみた。

「僕の足は浮《うわ》ついているように見えましょうか。」

「どうして、そんなふうには少しも見えない。いかなる場合でも君は静かだ。ごく静かに君はこの世の中を歩いて行くような人だ。」

この岡見の言葉に、捨吉はいくらか心を安んじた。

礼を述べ、別れを告げ、やがて捨吉は東京からはいて来た下駄を脱ぎ捨てて、上がりがまちのところで草鞋ばきになった。

「いよいよお出かけでございますか。」

とばあやもそこへ来て言った。

自分ながら何となく旅人らしい心持ちが捨吉の胸に浮かんで来た。草鞋で砂まじりの土を踏んで、岡見の別荘を離れようとした。その時、岡見は捨吉についていっしょに木戸の外へ出た。

「じゃ、まあごきげんよう。お勝さんの方へは妹から君のことを通じさせる(4)ことにしておきました。」

と岡見が言った。

この餞別の言葉は捨吉にとって、いかなる物を贈られるよりもうれしかった。実に、いっさいを捨てて来て、初めて捨吉はそんなうれしい言葉を聞く事ができた。それを聞けば、もうたくさんだ、とさえ思った。

清之助も、涼子も、岡見といっしょに、朝日のあたった道に添うて捨吉のあとを追って来た。途中で捨吉が振り返ってみた時は、まだ兄妹《きょうだい》は枯れ枯れとした田んぼわきに立って見送っていてくれた。

裏道づたいに捨吉は平らな街道へ出た。そこはもう東海道だ。旅はこれからだ。そう思って、彼はこおどりして出かけた。

一里ばかり半分夢中で歩いて行った。そのうちに、黙って出て来た恩人の家の方のことが激しく捨吉の胸中を往来し始めた。気違いじみた自分の行為《おこない》はいかに田辺のおじさんや、ねえさんや、それからあのおばあさんを驚かし、かつ怒らせたであろうと想像した。大川ばたの兄の驚きと怒りと悲しみとをも想像した。その考えから、捨吉は言いあらわしがたい恐怖にすら襲われた。彼は日ごろ愛蔵する書籍から、衣類、器物まで、貧しい身にたくわえたいっさいのものを恩人の家に残して置いて来た。どうかしてこの自分の家出が、単なる忘恩の行為でなしに、父母からそむき去り墨染めの衣に身をやつしてもひたすら道を急ぐあの哀れむべき発心者《ほっしんしゃ》のように見られたいと願った。

海に近いことを思わせるような古い街道の松並み木が行く先にあった。捨吉は路傍《みちばた》にある石の一つに腰掛けて休んだ。そして周囲を見回した。目の前には、ただ一筋の道路《みち》と、正月らしくあたって来ている日の光とがあるばかりであった。彼は恩人からも、身内のものからも、友だちからも、自分の職業からも離れて来た。その時は全く自分ひとりの旅のすがたを見つけた。日ごろ親しい人たちはだれひとりそばにいなかった。彼は石に腰掛けながら、肩から卸したふろしき包みをその石のそばに置いて、熱い涙を流した。

捨吉は東海道を下って行った。こうして始まった流浪《るろう》が進んで行ったらしまいにはどうなるかというようなことは全く彼には考えられなかった。鎌倉から興津《おきつ》あたりまで歩いて行った。旧暦で正月を迎えようとする村々を通り過ぎた時は、途中でまた煤掃《すすはき》の音を聞いた。一日一日と捨吉は暖かい東海道の日あたりの中へ出て行った。どうかするとその日あたりの中に咲く名も知らない花を見つけて、せめて路傍《みちばた》の草花から旅人と呼ばるることを楽しんだ。

だれか後ろから追いかけて来るものがある。のがれ行く自分をとらえに来るものがある。この恐怖、東京の方の空を振り返るたびに襲って来るこの恐怖は、よけいに捨吉の足を急がせた。小高い眺望《ながめ》のいい位地にある寺院の境内《けいだい》が、遠く光る青い海が、石垣の下に見える街道ふうの人家の屋根が、彼の目に映った。興津の清見寺《せいけんじ》だ。そこには古い本堂の横手に、ちょうど人体をこころもち小さくしたほどの大きさをみせた青苔《あおごけ》の蒸した五百羅漢《らかん》の石像があった。立ったりすわったりしている人の形は生きて物言うごとくにも見える。だれかしら知った人に会えるというその無数な彫刻の相貌《そうぼう》を見て行くと、あそこに青木がいた、岡見がいた、清之助がいた、ここに市川がいた、菅もいた、と数えることができた。連中はすっかりその石像の中にいた。捨吉は立ち去りがたい思いをして、旅のふろしき包みの中から紙と鉛筆とを取り出し、頭の骨が高くとがって口を開いて哄笑《こうしょう》しているようなもの、広い額と隆《たか》い鼻とを見せながらこの世の中をにらんでいるようなもの、頭のかたちは丸《まる》く目はつぶりくちびるは堅くかみしめて歯を食いしばっているようなもの、都合五つの心像を写し取った。五百もある古い羅漢の中には、女性の相貌をしのばせるようなものもあった。磯子、涼子、それから勝子の面影をすら見つけた。こうして作った簡単な見取り図は旅での手紙といっしょにして伝馬町あてに送ろうとも考えた。毎日毎日動いている彼は東京の友だちからの消息に接することもできなかった。

また捨吉は旅を続けた。ところどころ汽車にも乗って、熱田《あつた》の町まで行った。熱田から便船《びんせん》で四日市《よっかいち》へ渡り、亀山《かめやま》という所にも一晩泊まり、それから深い寂しい山路を歩いて伊賀近江《いがおうみ》の国境《くにざかい》を越した。

黒ずんだ琵琶湖《びわこ》の水が捨吉の眼前にひらけて来た。大津の町にはいった時は、寺々の勤行《つとめ》の鐘が湖水に響き伝わって来るような夕方であった。風の持って来る溶けやすい雪は、彼の頬にも、彼の足もとにも、荷物を掛けた彼の肩にも来た。そこまで行くと、西京ももう遠くはないという気がした。何らかの東京の方の消息も聞けるかと、それを楽しみにして、岡見から紹介された峰子という人を西京にたずねてみようと思っていた。
「まだ自分は踏み出したばかりだ。」
と彼は自分に言ってみて、白い綿のようなやつがしきりに降って来る中を、あちこちと宿屋を捜し回った。足袋《たび》も、草鞋もぬれた。まだ若いさかりの彼の足は踏んで行く春の雪のために燃えた。

（桜の実の熟する時——終）

『桜の実の熟する時』初版
大正八年一月一日発行

注　解

扉裏

(1)**この稿を完成した**　『桜の実の熟する時』は『文章世界』に大正三(一九一四)年五月から同七年六月まで連載され、それを修正して大正八年に初版が刊行された。『新生』(第一巻)と同時刊行であった。

一

(1)**岸本捨吉**　作者藤村がモデル。初出本文(『文章世界』)では岡幸吉の名が与えられたが、初版では『春』(一九〇八年)、『新生』にそろえる形で作中人物の氏名が変更された。

(2)**根キ**　草木の根の近く。

(3)**浅見先生**　木村熊二《きむらくまじ》(一八四五〜一九二七)にあたる。明治初期にアメリカに渡り、帰国後は教師、牧師として活動した。明治一八(一八八五)年に妻鐙子《とうこ》とともに明治女学校を設立したが、その後小諸義塾の塾長となった。

(4)**神田の私立学校**　共立学校(のちの開成中学校)にあたる。大学予備門への受験予備校の特色を持っていた。藤村は一五歳の頃、共立学校で木村熊二からアーヴィングの「『スケッチ、ブック」の訳読を授けられた」(『巡礼』一九四〇年)とのちに書いている。

(5)**職員として通っている学校**　頌栄女学校(のちの頌栄女子学院)にあたる。

(6)**今の学窓**　明治学院(のちの明治学院大学)にあたる。東京一致神学校などを母胎として明治一九(一八八六)年神学部、普通学部等を置いて設立された。初代総理はJ・C・ヘボン。藤村は二〇年普通学部に入学した。

(7)**先生の奥さん**　木村熊二の二度目の妻はなにあたる。明治二九(一八九六)年に離籍。藤村の短編『旧主人』(一九〇二年)の「奥様」のモデルといわれる。

(8)**文学会**　このころの明治学院の「文学会」は「英文英詩の暗誦と邦語及び英語の演説」などを行う全学的な学びの場であった(戸川秋骨《とがわしゅうこつ》『凡人崇拝』アルス、一九二六年)。

(9)**ジスレイリ**　B・ディズレイリ(一八〇四〜八一)。初代ビーコンズフィールド伯爵。イギリスの政治家、小説家。若い時に事業に失敗したが、のちに政治家を志し首相になった。『エンディミオン』(一八八〇年)は青年が政治家を志し成功してゆく自叙伝的な物語である。

(10)**会堂**　高輪台町教会(のちの高輪教会)にあたる。明治二一年に木村熊二が牧師に就任。同年、藤村はここで木村から洗礼を受けた。

(11)**エロキュウション**　演説法、朗読法の意。明治学院では「学課としても雄弁術を課せられていた」(戸川秋骨『凡人崇拝』)という。

二

(1)**田辺の主人**　吉村忠道《よしむらただみち》(一八四一〜一九〇二)がモデル。木曽福島の出身で、藤村の兄らの知人。日本橋の針問屋秋谷新七商店(勝新)の経営に携わっていた。藤村は明治一六(一八八三)年から吉村家に寄寓して学校に通った。

(2)**民助**　藤村の長兄島崎秀雄《しまざきひでお》(一八五八〜一九二四)がモデル。島崎家再興のため出京して吉村、秋谷らと交友を持ち、いくつかの事業を手がけたが失敗が続いていた。

(3)**大勝**　「勝新」(注解二(1)参照)にあたる。

(4)**民助の兄**　モデルにあてはめると、民助は捨吉の長兄なのでこの表現には疑問が生ずる。初出本文でこの部分は「真身の兄」と書かれている。

(5)**弘**　吉村忠道の長男・樹《しげる》(一八八四〜一九七二)がモデル。藤村の『千曲川のスケッチ』(一九一二年)は冒頭から「敬愛する吉村さん――樹さん――」と樹に語りかける口調で書かれており、藤村には親密な存在であった。

(6)**萱原**　花札(花かるた)遊びで、特定の札の組合せが揃うとできる「出来役」の一つ。

(7)**行徳**　千葉県市川市の地名。ここから来た魚行商人のかけ声。

(8)**年とった漢学者**　武居用拙《たけいようせつ》(一八一六〜九二)にあたる。木曽福島の学問所・菁莪館《せいがかん》などで教育に携わった。吉村忠道の伯父。

(9)**捨吉らの父**　藤村の父・島崎正樹《まさき》(一八三一〜八六)にあたる。平田篤胤《ひらたあつたね》が唱導した国学に共感し、その思想に基づいて生きようとした。藤村はその父の姿を『夜明け前』(一九三二、三五年)で描いた。

三

(1)**夏期学校**　明治学院で行われた第二回夏期学校（明治二三（一八九〇）年七月）にあたる。

(2)**浸礼教会**　キリスト教の一教派。バプテスト教会。全身を水に浸す儀式（バプテスマ）を重視する。

(3)**同級の菅**　戸川秋骨（一八七〇～一九三九）がモデル。雑誌『文学界』（注解十二(2)参照）同人としても藤村と交友を深めた。明治学院から帝国大学英文科選科に進学し、のち慶応大学等で教鞭をとった。英文学者。

(4)**足立君**　馬場《ばば》孤蝶《こちょう》（一八六九～一九四〇）がモデル。明治学院卒業後、高知県の共立英語学校に赴任した（作中では「伊予の方のある私立学校」へ赴任した、と書かれている。二二一頁）。『文学界』同人であった。のち翻訳家、随筆家。慶応大学等で教鞭もとった。

(5)**M**　心理学者・元良《もとら》勇次郎《ゆうじろう》（一八五八～一九一二）にあたる。明治二三（一八九〇）年、帝国大学文科大学教授となり、同年『心理学』（金港堂）を刊行。この前年から「精神物理学」を『哲学会雑誌』に連載しており、唯物的な心理学を論じた。

(6)**白髪の神学博士**　G・フルベッキ（一八三〇～九八）にあたる。アメリカの宣教師。オランダ生まれ。一八五九年に来日し、伝道や教育、聖書の翻訳などに尽力した。明治学院の理事も務めた。

(7)**一致教会の牧師**　植村正久《うえむらまさひさ》（一八五七～一九二五）にあたる。J・H・バラの英学校で学び、キリスト教の洗礼を受けた。「一致教会」は明治一〇（一八七七）年に複数教派が合同して設立された

「日本基督一致教会」にあたる。植村は同時期に発足した「一致神学校」で学んで牧師となり、伝道や著述、聖書の翻訳などで大きな役割を果たした。著書『真理一斑』(警醒社、一八八四年)では神の存在、宗教と学術等について論じた。

(8)**ある学院の院長**　押川方義《おしかわまさよし》(一八五一～一九二八)にあたる。生年については諸説がある。S・R・ブラウンやバラに学び受洗したが、武士道的な独自のキリスト教思想をもって、主に東北地方で伝道を行った。明治一九(一八八六)年、仙台に仙台神学校(のちの東北学院)を設立した。

(9)**組合教会**　キリスト教の一教派。会衆派ともいう。協同の精神を重んじ、このころの日本では主に関西地方で伝道活動をした。

(10)**新撰讃美歌集**　『新撰讃美歌』(警醒社、一八八八年)にあたる。編者は植村正久、奥野正綱《おくのまさつな》、松山高吉《まつやまたかよし》。他にフルベッキ、宮川経輝《みやがわつねてる》らも編集にあたった。

(11)**老牧師**　奥野正綱(一八二三～一九一〇)にあたる。バラ等に学び、のち牧師となった。聖書の翻訳や『新撰讃美歌』の成立に貢献した。

(12)**学院の院長**　本多庸一《ほんだよういつ》(一八四八～一九一二)にあたる。生年については諸説がある。バラ、ブラウンらに学び、郷里の青森を中心に伝道や教育、民権的政治にも関わり、県会議長になった。その後アメリカに渡って神学を学び、帰国後、東京英和学校(のちの青山学院)の院長になった。第四回夏期学校(一八九二年)では校長を務めた。

(13)**平民主義者**　徳富蘇峰《とくとみそほう》(一八六三～一九五七)にあたる。政論家。熊本で生まれ、キリスト教や民権運動などを体験したのち、明治二〇(一八八七)年に民友社を創立して雑誌『国民之友』を創刊した。平民主義を唱え、著書『将来之日本』(経済雑誌社、一八八六年)、『新日本之青年』(集成社、一八八七年)等で国家や青年のあり方を論じた。

(14)**S学士**　大西《おおにし》祝《はじめ》(一八六四〜一九〇〇)にあたる。哲学者。若い頃にキリスト教や英文学に触れ、のちドイツ観念論等を学んだ。明治二二(一八八九)年に帝国大学卒業。東京専門学校(のちの早稲田大学)等で教鞭をとった。「批評論」(一八八八年)、「詩歌論」(一八九二年)等、文学についても重要な論述が多数ある。

(15)**監督教会**　監督的な職位の聖職者が教会を統理する監督制をとるキリスト教の教派。日本では明治二〇(一八八七)年に成立した「日本聖公会」などがそれにあたる。

(16)**メソジスト教会**　一八世紀にイギリス国教会から派生して生まれたキリスト教の一教派。社会的関心や個人の生活態度を重視する。明治初期にアメリカ等からメソジスト派が来日して伝道した。

(17)**二葉亭の『あひゞき』**　ロシアの作家ツルゲーネフの『猟人日記』(一八五二年)中の短編を、二葉《ふたば》亭《てい》四《し》迷《めい》(一八六四〜一九〇九)が明治二一(一八八八)年七・八月『国民之友』に翻訳発表した作品。身分の違う男女の別れの場面を描いた小品で、清新な言文一致体による自然や内面の表現が注目された。

四

(1)**おじさんの妹夫婦**　吉村忠道の妹いくとその夫にあたる。

(2)**モオレエ**　J・モーレー(一八三八〜一九二三)。イギリスの作家、編集者、政治家。『イングリッシュ・メン・オブ・レターズ』はモーレーの編集によって一八七八年から順次刊行された。

ミルトン、ポープ、シェリー、バイロン等イギリス作家の伝記集である。

(3)**讃美歌**　「ゆふぐれしづかに…」の詩は『新撰讃美歌』第四番の一聯目の歌詞で、訳詞者は植村正久。

(4)**桂園派**　江戸時代後期の、香川景樹《かがわかげき》(一七六八～一八四三)を中心とした和歌の流派。明治になって和歌の近代化をめざした正岡子規《まさおかしき》は「歌よみに与ふる書」(一八九八年)で景樹やその門派を批評した。

(5)**コリンタ前書**　『新約聖書』中の「コリント人への第一の手紙」をさす。信徒の派閥や争いを戒め、祈りや愛や生活のあり方等を主に説いている。

(6)**ウオルズウオース**　W・ワーズワス(一七七〇～一八五〇)。一九世紀イギリスの代表的詩人。自然と人間の心の交感をうたう詩を多く書いた。S・T・コルリッジとの共著『リリカル・バラッズ』(一七九八年)も多く読まれ、その再版以降の本に付された長い序文は文学理論として重要である。藤村の「郭公詞」(『女学雑誌』一八九二年)はワーズワスについての評文である。「『藤村詩集』序」(一九〇四年)の一節は『リリカル・バラッズ』序文を参照して書かれたといわれる。

(7)**ナショナルの読本**　明治期に広く用いられた英語教科書。一八八三～八四年にアメリカで刊行された。『ウィルソン読本』(一八六〇年)と『ユニオン読本』(一八六二年)もアメリカで刊行され、主に明治中期頃まで使われた英語教科書。

(8)**パアレエの万国史**　『パーレーの万国史』(初版、一八三七年)は子供向けにアメリカで刊行された世界歴史・地理の本。P・パーレー(一七九三～一八六〇)の編集による。明治期に英語教科書として読まれた。

(9)**日本外史**　江戸時代後期に頼山陽《らいさんよう》(一七八一～一八三二)が書いた源平時代から江戸時代までの日本史。漢文体で書かれており、勤王思想に影響を与えた。

(10)**アーヴィング**　W・アーヴィング(一七八三～一八五九)。アメリカの作家。『スケッチ・ブック』(一八二〇年)は彼のエッセイや短編等を集めたもので、所収の「リップ・ヴァン・ウィンクル」がよく知られている。

五

(1)**鋳掛屋の天秤棒**　鋳掛屋は鋳造された鍋・釜などの修理をする人。その天秤棒が普通より長く、荷物からはみ出すので、転じて出しゃばりな人の意。

(2)**『神曲』**　ルネサンス期イタリアの詩人ダンテ(一二六五～一三二一)の叙事詩。一三〇四年頃から生涯を通して書き続けられた。人生の苦難のなかで道を見失った「われ」が案内により地獄を巡ったのち地上に上がり、やがてベアトリーチェの導きで天に至る。

(3)**あんなに一時黙っていたんだ**　馬場孤蝶『明治文壇の人々』(三田文学出版部、一九四二年)は、藤村が明治二二年頃しばらく学校を休み、戻って来た時には「よほど変った意気消沈したような」人になっていて、「誰とも口を利かな」いようになった、と語っている。その変化の理由は「高等学校の試験」に失敗したことだと推測している。この受験失敗は藤村の事実であったらしいが、作品にはその件を書いていない。

(4)**『一代女』**　井《い》原《はら》西鶴《さいかく》(一六四二～九三)の浮世草子『好色一代女』(一六八六年)をさす。宮仕えをしていた女が道をはずれて次第に転落してゆく生涯が語られている。前注解の『明治文壇の人々』で馬場孤蝶は、埋もれていた西鶴が「広く読書界へ紹介されたのは、明治二十三年頃であったかと思う」と顧み、その翻刻本は「五円ほど」だったという。その頃の五円は「学生の一ヶ月の下宿料と小使を合わせたほどのものであった」とも言っている。

(5)**○○**　伏せ字のこと。

(6)**バイロン**　G・G・バイロン(一七八八〜一八二四)。イギリスの詩人。詩作のほか政治的活動や恋愛遍歴でも知られるが、ギリシアの独立戦争に参加し、現地で病死した。『チャイルド・ハロルドの遍歴』(一八一二年)は、ひとり故国を出奔し異郷で新しい心を得てゆくハロルドの旅を歌った詩集である。また、人間の自我と罪と神を問う劇詩『マンフレッド』(一八一七年)は北村透谷《きたむらとうこく》(注解九(13)参照)など明治の日本文学に影響を与えた。

(7)**ライブラリアン**　図書館員。司書。

(8)**バアンス**　R・バーンズ(一七五九〜九六)。スコットランドの農民詩人。「麦畑の中で…」の詩は曲をつけて歌われており、歌詞を変えたものが大和田《おおわだ》建樹《たけき》・奥好義《おくよしいさ》編『明治唱歌　第一集』(中央堂、一八八八年)に収められた「故郷の空」である。

(9)**田舎源氏**　柳亭種彦《りゅうていたねひこ》(一七八三〜一八四二)の合巻『偐紫田舎源氏《にせむらさきいなかげんじ》』(一八二九〜四二年)。『源氏物語』を借用して室町時代に移し、主人公が足利家を守るために活躍する物語が女性遍歴とからめて書かれている。毎頁のように付けられている歌川国貞の妖艶な挿し絵が目を引く。

(10)**ギョエテ**　J・W・ゲーテ(一七四九〜一八三二)。ドイツの作家。森鷗外らの紹介によって明治の文学に影響を与えた。藤村は明治学院時代に「英訳本のゲエテの『ウイルヘルム・マイステル』」を読んだと語っている(『早春』一九三六年)。

(11)**母上**　藤村の母、島崎ぬい(一八三七〜九六)にあたる。藤村は上京した母と九年ぶりに会ったことを『力餅』(一九四〇年)に書いている。

(12)**ねえさん**　藤村の長兄島崎秀雄の妻松江(一八六〇〜一九二九)にあたる。

六

(1)**姉の夫**　藤村の姉その(一八五六〜一九二〇)の夫高瀬薫《たかせかおる》(一八五六〜一九一四)にあたる。

(2)**祖母さんのお送葬**　「祖母さん」は藤村の祖母島崎けい(一八一一〜九一)にあたる。藤村は明治二四(一八九一)年にこの祖母の葬儀に参列したとされるが、作中ではそれが明治二三年秋より前のことのように書かれている。一一五頁で「黄山谷の詩集」を葬儀で帰郷した際に持ち出したことを書くための時間操作か。

(3)**一葉集**　仏兮《ぶっけい》・湖中《こちゅう》編『俳諧一葉集』(一八二七年)。芭蕉の作品を分類・集大成したもの。作中の「湖十」は湖中の誤記か。

(4)**選集抄**　『撰集抄』のこと。『撰集抄』は西行《さいぎょう》作の体裁をとるが作者不詳の仏教説話集。一三世紀頃の成立とされる。

(5)**五元集**　芭蕉の門人・其角《きかく》の発句集『五元集』(一七四七年)のこと。

(6)**俳諧十論**　芭蕉の門人・支考《しこう》の著『俳諧十論』(一七一九年)のこと。芭蕉の俳論をふまえた俳諧論の書。

(7)**黄山谷**　黄山谷(一〇四五〜一一〇五)は中国・北宋時代の書家・詩文家。黄庭堅。

(8)**ダチカン**　主に中部地方で使われる方言。「ダメだ」「いけない」のような意。

七

(1)**隠れた「成長」は**　この部分は初出本文(『文章世界』一九一七年一二月)では「隠れた桜実《さくらんぼ》の生《な》って居ることが」と書かれている。人事についての記述の中に「桜実」という象徴的な語をじかに使って表現する唐突さを避けるため改稿した、と考えられる。

(2)**共励会**　キリスト教信徒が伝道や懇親、奉仕などを行う組織。明治学院の共励会は「キリスト者学生によって組織された自主的団体」で毎月例会を開催していた(金井《かない》信一郎《しんいちろう》『明治学院百年史』学校法人明治学院、一九七七年)。

(3)**ワヤク**　やんちゃで聞き分けのないこと。

(4)**フレッシ・マン**　明治学院では一年生を「フレッシュ・マン」、二年生を「ソフォモア」、三年生を「ジュニヤ」、四年生を「シニヤ」と呼んでいた。「ソフォモア」とは「自分の知識を過大に見積もる愚」のような意、という(戸川秋骨『自画像』第一書房、一九三五年)。

(5)**学校の校長**　井深梶之《いぶかかじの》助《すけ》(一八五四～一九四〇)にあたる。牧師、教育家。明治学院創立にも携わった一人。

八

(1)**エマアソン**　R・W・エマソン(一八〇三～八二)。アメリカの思想家。若い頃は牧師であったが、やがて教会から離れ、自然や人間精神の可能性を探求した。『自然』(一八三六年)などの評文が著名である。戸川秋骨訳『エマーソン論文集』(玄黄社、一九一三年)がある。

(2)**テイン**　H・テーヌ(一八二八〜九三)。フランスの批評家。歴史家。『英文学史』(一八六四年)は、精神や文化を、種族、環境、時代という要因に遡って考察する、という方法で書かれた。

(3)**伊勢崎屋**　秋谷新七所有で、吉村忠道が経営した雑貨店「マカラズヤ」にあたる。

(4)**オフェリヤの歌**　W・シェイクスピア(一五六四〜一六一六)の戯曲『ハムレット』第四幕第五場でオフェリアが歌う歌(注解十一(9)参照)。

(5)**玉篇**　六世紀頃に中国で作られた部首別の漢字辞典。原本は散逸したが、一一世紀に『大広益会玉篇』として再編された。これをもとに日本では漢和辞書『倭玉篇』が作られ、広く用いられた。

(6)**マアシュウ・アーノルド**　M・アーノルド(一八二二〜八八)。イギリスの詩人、批評家。『批評論集』(一八六五、八八年)は近代的文学批評の先駆けとされる。その第二巻序「詩の研究」で、偉大な詩には「人生の批評」と継続的な「高い誠実性」があると論じている。

九

(1)**吉本さん**　巌本善治《いわもとよしはる》(一八六三〜一九四二)がモデル。中村敬宇《なかむらけいう》の同人社等で学んだのち、キリスト教に入信。明治女学校の教頭、校長を務めて女子教育に尽力した。

(2)**雑誌社**　女学雑誌社にあたる。雑誌『女学雑誌』(一八八五年七月〜一九〇四年二月)を刊行した。ほとんどの時期、巌本善治が主宰した。

(3)**名高い雑誌**　『女学雑誌』にあたる。女学、女権等に寄与する多くの記事や作品を掲載した。作中の一九〇頁にこの雑誌への感想が見える。

(4)**先の奥さん**　木村熊二の最初の妻、鐙子(一八四八〜八六)にあたる。明治一八(一八八五)年に夫とともに明治女学校を創立し、その運営に尽力したが、翌年コレラで急逝した。

(5)**麹町の方の学校**　明治女学校にあたる。キリスト教主義の女学校で、野上弥生子《のがみやえこ》、羽仁《はに》もと子ら著名な卒業生を輩出した。

(6)**嘉代さん**　巌本善治の妻かし(一八六四〜九六)にあたる。明治一五(一八八二)年フェリス女学校を卒業、英語教師を務めたのち巌本善治と結婚した。『女学雑誌』に多くの作品が掲載されたが、中でもバーネット作『小公子』(一八九〇〜九二年)の翻訳は、明快な口語文による児童文学として不朽の名訳といわれる。筆名は若松賤子《わかまつしずこ》。

(7)**恋愛は人生の秘鑰なり**　北村透谷の評文「厭世詩家と女性」(一八九二年)の冒頭部分。「人生」は透谷の原文では「人世」と書かれている。「秘鑰」は秘密を解く鍵、の意。木下尚江《きのしたなおえ》はこの冒頭文を読んだ時、「まさに大砲をぶちこまれた様なものだった」(「福澤諭吉と北村透谷」一九三四年)と、「恋愛」が論じられたことの衝撃を顧みている。

(8)**エマルソン**　エマソンをさす。「厭世詩家と女性」は諸処でエマソンの「愛情論」(一八四一年)と類似の言説をしており、影響が考えられる。

(9)**ポオロ**　キリストの使徒パウロのこと。「われ罪人なるかな」は『新約聖書』「テモテへの第一の手紙」第一章の「わたしは、その罪人のかしらなのである」を念頭に置いているか。

(10)**たれか情婦**　バイロン『チャイルド・ハロルドの遍歴』第一巻一三章の挿入詩第八聯の冒頭部分にあたる。

(11)**『婦人に寄語す』** バイロンの詩「女よ」(一八〇六年)を指すか。「女よ、君の誓いは、砂のうえに彫られたもの」(阿部知二訳『バイロン詩集』一九六三年)というのが、この詩の最終行である。

(12)**恋人の破綻して** 『チャイルド・ハロルドの遍歴』第三巻九四章の末尾部分にあたる。

(13)**青木** 北村透谷(一八六八～九四)がモデル。劇詩『蓬萊曲』(養真堂、一八九一年)、評論「内部生命論」(一八九三年)、評伝『エマルソン』(民友社、一八九四年)などで、神と人間精神、文学の存在理由などについての根源的な思索を示したが、二七歳で自殺した。藤村は終生透谷のことを尊敬し、「私達と同時代にあつて、最も高く見、遠く見た人の一人だ」(「北村透谷二十七回忌に」『飯倉だより』一九二二年所収)と言っている。

十

(1)**百日鬘** 月代《さかやき》の醜くのびた鬘。

(2)**フレンド教会** 一七世紀にイングランドで作られたキリスト教派で、平和や人間の平等などを重視する。日本では明治二一(一八八八)年「日本普連土教会」が設立された。翌年、この会員と透谷らが参加して「日本平和会」が作られた。

(3)**雑誌** 「日本平和会」の機関誌『平和』をさす。明治二五(一八九二)年に透谷の編集で創刊されたが、一年余りで廃刊となった。透谷は創刊号で「人類の相闘い、相傷《そこな》う」という現実の前で「宗教の目的何所《いずく》にかあらむ」(「『平和』発行之辞」)と問題提起した。

(4)**操** 北村透谷の妻ミナ(一八六五～一九四二)にあたる。透谷の死後、ミナはアメリカに渡って学び、帰国後、英語教師としての生涯を全うした。子供を抱えて多くの困難と闘ったミナについて、藤村は「全く独立独歩で未亡人としての生涯を切り拓いた」(「透谷君の三十回忌に」『春を待ちつゝ』一九二五年所収)と感銘を語っている。

(5)**十四の年に政治演説**　透谷は明治一四年頃、自由民権運動の高揚に触発されて「演説の稽古」(「石坂ミナ宛書簡草稿」一八八七年八月一八日)をしていたという。自由民権運動への関わりと離脱は透谷の思想に深く関わるものになった。

(6)**改進党**　大隈重信《おおくましげのぶ》らを中心に明治一五(一八八二)年に結成された立憲改進党のこと。自由党と並ぶ民権運動期の政党。

(7)**嚶鳴社**　嚶鳴社のこと。明治一〇年代に活動した言論・政治団体。国会開設等を論じ、明治一五年立憲改進党に参加した。機関誌『嚶鳴雑誌』を刊行していた。

(8)**吉本さんの学校**　明治女学校にあたる。

(9)**四月から教えに行く**　藤村が明治女学校に赴任したのは明治二五(一八九二)年九月であった。作品では赴任時期を半年前に変えている。

(10)**ナイトの注釈**　イギリスの出版者であるC・ナイト(一七九一～一八七三)が編集し、一八三〇～四〇年代にかけて刊行された『絵入りシェイクスピア作品集』をさす。

(11)**届いた**　「ゆき届いた」の意か。

十一

(1)**岡見君**　星野《ほしの》天知《てんち》(一八六二～一九五〇)がモデル。明治二〇(一八八七)年、キリスト教の洗礼を受けた。

二三年、女学雑誌社刊行の雑誌『女学生』の主筆、のちにこの雑誌を発展させて『文学界』の創刊に携わった。明治女学校の教員も務め、武芸や漢学を教えた。

(2)**ラスキン**　J・ラスキン（一八一九〜一九〇〇）。イギリスの美術評論家。『モダン・ペインターズ（近代画家論）』（一八四三〜六〇年）で、イギリスの画家ターナーの作品を分析して光や水などの表現を称賛し、近代絵画の方法を論じた。藤村の「欧州古代の山水画を論ず」（一八九六年）は『モダン・ペインターズ』の一部分の翻訳である。

(3)**高輪から麹町に移した**　藤村は明治二五（一八九二）年に高輪台町教会から麹町一番町教会に籍を移した。木村熊二が信州へ移住したため、といわれている。

(4)**名高い牧師**　植村正久にあたる（注解三(7)参照）。

(5)**磯子**　当時の明治女学校生徒、松井まんにあたる。のちに星野天知と結婚した。星野天知は『黙歩七十年』（聖文閣、一九三八年）で、武芸（薙刀《なぎなた》）の授業で「松井万、村瀬鶴、佐藤輔」が「優三人組」であったと回想している。

(6)**勝子**　当時の明治女学校生徒、佐藤輔子にあたる。明治四（一八七一）年に岩手県で生まれた。明治女学校入学前に郷里で鹿討豊太郎と婚約しており、卒業後二八年五月に結婚したが、八月に急逝した。

(7)**市川**　平田《ひらた》禿木《とくぼく》（一八七三〜一九四三）がモデル。明治二〇（一八八七）年、星野天知らとともにキリスト教受洗。二三年、第一高等学校に入学した。星野の主宰する『女学生』の編集を手伝い、『文学界』同人ともなった。のちに英語、英文学者。

(8)**一つの文章**　『女学生』（夏期号外、一八九二年八月）に掲載された藤村の小文「故人」にあたる。

(9)**『面影』**　森鷗外を中心とした新声社同人による訳詩集『於母影』(民友社、一八八九年)にあたる。全体に訳詩者名が明記されていないが、「オフェリアの歌」は鷗外訳といわれる。原文、訳文ともに一部変えて作中に引用している。

(10)**こひすてふ**　平安時代の歌人・壬生忠見《みぶのただみ》の歌。一一世紀初頭に成立した『拾遺和歌集』に入集し、『小倉百人一首』にも選ばれている。「恋しているという私の名がもう噂になってしまった、人知れず思い始めたのに」が歌の大意。

(11)**文覚上人**　平安末期から鎌倉時代初めの僧・文覚《もんがく》(一一三九〜一二〇三)。北面の武士であった出家前の名は遠藤盛遠《えんどうもりとお》。星野天知の評文「文覚上人の本領」(一八九二年)は文覚の生涯を三時代に分けて、一は「色情の奴隷」となって恋人の「袈裟女《けさじょ》を誤殺」した凡俗で野蛮な武士時代、二は「火性」と「涙」が「相激し」て半狂乱の「怪物」になった時代、三は「寂寞僧侶の文覚時代」とし、第二時代を最重要視した。また「其頭《くび》には袈裟女の画像を本尊仏に合せて常に懸け」ていた、とも書いている。

(12)**新約全書の中の婦人**　『新約聖書』ルカ伝第七章、ひとりの罪深い女がイエスの足に香油を塗り、イエスへの愛と尊敬を表現した。人々はその女を咎める目で見たが、イエスは女の罪を許し、「この女は多く愛したから、その多くの罪はゆるされているのである」と言った。この話を捨吉は想起して愛と罪について考えていると見られる。

(13)**いっしょに書いたもの**　『女学生』(夏期号外、一八九二年八月)にともに掲載された藤村「故人」(注解十一(8))と平田禿木「松風夢」にあたる。

(14)**明石**　「足立」のことか。作中の「足立」は初出本文では終始「明石」の名で書かれた。初版でその人物名が「足立」に変更されたが、この箇所のみ改稿されないままになっていると見られる。

十二

(1)**西京の峰子**　明治女学校の卒業生・広瀬つねにあたる。星野天知と交友があったが、このころ関西に住んでいた。

(2)**同人の新しい雑誌**　雑誌『文学界』(一八九三年一月〜九八年一月)にあたる。同人は天知、禿木、藤村、秋骨、透谷、後に上田敏《うえだびん》など。樋口一葉《ひぐちいちよう》も寄稿した。創作、評文、海外文学の紹介などで文学の新しい気運を示した。

(3)**黙って恩人の家を出た**　捨吉は正月・松の内に旅立ったように書かれているが、星野天知『黙歩七十年』によれば「一月三十日の雪夜に鎌倉の草庵で徹宵談《かた》り明かし」、二月一日に発った。また、藤村の書簡(星野天知宛、一八九三年一月一六日)は、事前に長兄秀雄に旅立つ事を話し、勤務先や吉村家にも都合を話して辞別する意向を書いている。出発についてこの二つの点で、作品はモデルの事実を改変したと考えられる。

(4)**君のことを通じさせる**　『黙歩七十年』では「島崎胸底の秘に付き同情に堪えず、密かに本人輔子へ漏らしたのは悪い老婆心であったと後悔して居る」と書いている。

(高橋昌子)

藤村氏と『桜の実の熟する時』

片岡良一

『桜の実の熟する時』は、『新生』の前、『家』に次いで書かれた、藤村氏第四の長編小説である。そう長いものではないけれども、ずいぶん苦心の作であったらしく、はじめは大正二年に起稿、『文章世界』に寄せられたのであったが、まもなく中絶、のち大正三年滞仏中に稿を改められてそれも中絶、帰朝後一年の大正六年になってようやく完成されたのであった。当時『文章世界』の編集者であった加能作次郎《かのうさくじろう》氏によれば、その帰朝後完成の際にもまた初めから書き直されたものであったというが、その際にも藤村氏の筆はとかく渋りがちであったらしい。

それについて、藤村氏自身も次のように書いている。

「私が『桜の実の熟する時』の稿を起こしたのはまだフランスの旅にも上らないで、浅草新片町《あさくさしんかたまち》の旧居にあるころであった。パリに行ってさらに最初から書き改め、三章ほど稿を継ぐうちに旅行者としての私ははや戦乱の渦の中にあった。そんなわけで、私は『桜の実の熟する時』の前半をパリの客舎でも書き、リモオジュの田舎町へも持って行って書いた。この作の原稿の一部は故国への発送の途中、開戦当時の混雑のために失われて、さらに書き改めるような遠い旅らしい思いもした。この作はそんなに長いものでもないが、いろいろな外国の旅の事情にさまたげられて、帰国後これを完成するまでにはかなり長い年月を要した」(全集「第九巻の後に」)

この言葉によっても、この作がどんなに困難をしのいで書かれたものであったか、一通り髣髴《ほうふつ》されるけれども、それを知るのにより都合のいいものは、上記加能氏の文章であろう。『文章往来』第一巻第四号の『藤村号』を見たまえ。氏は、そこに、藤村氏自身が書いているところとだいたい同じことを、寄稿雑誌の編集者としての立場から、角度をかえて記録した後に、次のように書き足しているのである。

「島崎さんがフランスから帰られたのは、大正五年の、たしか暑い夏のころだったと思う。一時芝の二本榎《にほんえのき》に居《きょ》を置かれたが、私はその時その仮寓《かぐう》を訪れて、『桜の実の熟する時』の続きを書いていただくようにお願いした。(中略)島崎さんは快く承諾してくださった。そして読者のためさらに稿を改めて初めから新しく書き直され、その後一年余りの後にようやく完結したのであった。(中略)とにかくこの『桜の実の熟する時』一編ができあがるまでには、島崎さんはどんなに並み並みならぬ粒々辛苦《りゅうりゅうしんく》を重ねられたか、全く思い半ばに過ぐるものがある。創作に対して人一倍厳粛な敬虔《けいけん》な態度の人であるから、いかなる一編といえども決していやしくもされるようなことはないのであるが、ことにこの作に苦心惨憺《さんたん》されたことは私はよく知っている。前に言ったような特別な外的事情のためもあるが、とにかく前後五年の間、純粋の小説としてはこの作一つに終始しておられたことによってもそれはわかるであろう。『フランスだより』や『海へ』などの通信紀行的の作品はあったが、小説は後に『新生』を書かれるまでは他に一つも手をつけず、この一編のみを胸に育んで不断の努力を続けておられたのである。そしてずいぶん島崎さん自身も書き悩んでおられたようでもある。帰朝後新しく書き改められた時でも、時々締切に間に合わずに間が途切れたことがあるし、五枚か六枚ぐらいしか載らなかった事もある。二本榎の方からまもなく桜川《さくらがわ》町《ちょう》の鳳柳館《ほうりゅうかん》という旅館へ書斎を移され、そこでこの作の制作に専念しておられたが、私が時たま原稿をもらいに行くと、一か月もかかってまだ二枚か三枚しか書けないなどと深いため息を漏らされたようなことも覚えている。

あとから考えると、この『桜の実の熟する時』を書いておられた時分は、ああした特殊な外的事情の困難のほかに、内的にもまた島崎さんがその生涯の中で最も大なる艱苦《かんく》をなめられつつあった時ではなかったかと私には思われるのである。突如としてパリへ旅立たれ、それから三年の羈旅《きりょ》の後帰朝してあの『新生』を出すまでの五六年の間は、思うに島崎さんの内的生活の上での大苦悩、大転機時代ではなかったろうか？　そして『桜の実の熟する時』は、そうした内外両面の大なる苦悩を背負ってあえぎつつあった間に生まれたものとして、いっそう私には感慨が多い。島崎さんにとっても、そういう意味でことさら記念的な、意義の深い作だと言わねばならない」（「『桜の実の熟する時』のこと」）

『桜の実の熟する時』が作られていた当時の様子と、そうした様子の由来するところについて、これだけ尽くせば、まずだいたい間然《かんぜん》するところはないであろう。ただしいて言えば、藤村氏が、「突如としてパリへ旅立」ったのも、それから書けない幾年かの苦悩の後に『新生』による転回が生れたのも、その『新生』に書かれた事件からの圧力だけに機縁したものでなく、むしろそうした事件にも氏を追い込まずにはいなかったほどの虚無的絶望――それは藤村氏一個のものではなく、自然主義時代を生きた人々の多くにとって共通なものであった――に、発端するものであったことへの、一応の注意がほしかったようにも思う。『藤村詩集』から『破戒』にかけて、近代主義のために荊棘《いばら》の道を拓《き》り開いて来た島崎氏は、『春』から『家』へかけての人生展望の結果、その思想的立場をもってしては、容易に乗り越えられぬ絶望に突き当たった。同じ絶望に嚙《か》まれた田山花袋《たやまかたい》などが、身も世もあらぬ懊悩《おうのう》と動騒とに憑《つ》かれたような趣を示しはじめたころ、氏はじっと黙してすわり続けてはいたけれど、それだけ陰気な虚無的頽廃《たいはい》にも蝕《むし》ばまれつつあったのだった。それは、『家』を書くまでは大作が終わると同時に容易に次作の見通しがついたものが、『家』を完了した時にはあとに続くべき何物も思い浮かばなかったという、そういう形から現われはじめたものであったことを、藤村氏自身もどこかに書いていた。氏はそうした絶望と虚無と頽廃とにさらされた沈黙と凝固と沈澱《ちんでん》とを破ろうとして、遠くフランスまでも動いて行けば、回顧的な『桜の実の熟する時』にも、筆をつけたのであった。そうして自ら過去の姿を顧みることによって、そこになんらかの新しい示唆をつかもうとする——おそらくそんな気持ちもあったであろう。『桜の実の熟する時』の筆が、その回顧物語的な題材にもかかわらず、ともすれば凝滞して容易に進まなかった理由の一部は、無論そこにも見いだされたのである。つまりそこには、花袋の当時の作品などにあらわに打ち出されていたのと同じような、容易に拾収しきれぬ心の動騒が、底深く蔵されていたのである。遠くフランスにまで出かけて行くほど、形の上にはさすがに動いてやまぬものを示しながら、それをこの作のような形に置きかえて静かに表現しているところに、藤村氏の特徴も、それゆえに倍加されるでもあろう内攻的な苦悶《くもん》の激しさも、考えられていいわけであろうと思う。

しかもより重要なことは、そうした滞りがちな進行の後、この作がようやく完成されたころには、作者の気持ちの凝《こ》りもほぐれて、藤村氏はどうやら一筋の明るさに触れ、したがって『新生』への見通しも、すでにある程度感じられるようになっていたのではないかと思われる点である。藤村氏はそういう作家なのである。現在の苦悶を書くより、過去に苦悶して来たことを——あるいは苦悶を生きぬけて来た形を、縷々《るる》として語る作家なのである。だから現在の苦悩を背負った『桜の実の熟する時』が、容易に完成しなくもあったのだし、またそれが完成された時には、すでに一通りの解決が、用意されていたのであろうとも考えられるのである。事実また『桜の実の熟する時』は、『家』に継起した絶望を破って、大作『新生』の生まれ出て来る契機を、おぼろげならず示し得ている作品になっているのではないかと思う。

元来この作は、題材的には無論『春』に先行して、作者の少年期から青年期への過渡を描いたものであり、作者がその学生生活を終わった明治二十四年前後、両三年間にわたっての生活記録であった。キリスト教思想を建前とする学校の進歩的な空気に酔っていた主人公は、年上の女とのいわゆる自由交際を周囲から指弾されて、自我への反省と鋭い自己意識とにめざめた。そうして鋭く自己を意識した彼は、ひたすら物質的世俗的な成功を追おうとする恩人夫妻にも異邦人を感じて、限りない孤独の寂寥《せきりょう》に落ち込んで行く。たまたま三四の友人を得た彼は、彼らのみの形造る世界に歓《よろこ》びを見いだしたけれども、なお必ずしも生の方向を確立することができず、さらに若干の動揺を閲《けみ》した後、はじめて文学に志した。が、まもなく転じて教師となった彼は、安んじてその職を続けるにたえぬ自己の無力さを痛感するとともに、教え子の一人に恋を感じたがゆえに、キリスト教をも教職をも捨てて、あてもない漂泊《さすらい》の旅程に上って行った。——そこにはだいたいそんなことが書かれているのである。当然それは明治二十年代における青年の自我のめざめを描いたものと言えるのでなければならなかった。そうしてそこに描かれた自我のめざめが、あらゆる点に絶望的な、弱々しいかげをひきずっているところに、あの時代のそれとしての特徴が見いだされるのであった。北村透谷《きたむらとうこく》を自殺させた時代の圧力は、この作の主人公の雄々《おお》しかるべき徹底自我生活への踏み出しをも、前途に何の目標も立たぬどころか、むしろ悲涼の趣をさえ帯びた芭蕉の旅立ちなどに、なぞらえられるほどのものとせずにはおかなかったのである。当然その踏み出しは、実際上には、やがて『春』の結末にある、あの有名な、

「あゝ、自分のようなものでも、どうかして生きたい。」

という、悲痛な嘆息にと連なって行かねばならぬものであったのだった。それは自我のめざめであると同時に、自我生活への絶望であったのでなければならなかった。

けれども、『桜の実の熟する時』の作者は、そういう絶望的なものの影をひいて、芭蕉的な旅に出る主人公に、どうかすると歓ばしげな、新しき一歩の踏み出しを観《み》ようとしているかに見える。それは無論題材そのものの持つ感じではなくて、大正六年という時代の、作者の心境の反映であったのであろう。上記のような自然主義直後の絶望を経、世界大戦による破壊の後にも、なおおのがじし生き伸びて行こうとするものの力強さを見いだして、驚嘆と傾倒とを新たにした藤村氏は、やがて苦難に抗しておのが当体を生き抜こうとするものに、限りない愛着と喜びと希望とをつなぐ人であった。その気持ちが、こうしてこの作に回顧された氏自身の若かった日の姿にも、一種の歓びと積極的な意義とを感じさせることになったのではないか。その気持ちは、まもなくさらに突き詰められて、大作『新生』における新しい生き方の宣言にと、発展させられて行ったもの、その露頭が、こうしてまず『桜の実の熟する時』に現われはじめたのであり、それが現われはじめるに及んで、はじめてこの作は完成への運びにも進みえたのではないかと思うのである。だから『桜の実の熟する時』は、その題材的な連関にかかわらず、『春』に先行する作品としてのみ観らるべきでなく、やはり『家』と『新生』との間の、過渡期的な相貌を持つ作品として、注意されねばならぬことになるのである。『藤村詩集』から『破戒』にかけて、近代主義のための積極的な叫びをあげた島崎氏は、『家』によって到達した絶望と苦悶との底から、こうして『桜の実の熟する時』によって、数年間も続いた苦渋の後に、再び積極的な主張を持つ人として、現前しようとする趣を見せはじめたことになるのである。その主張が、『家』による諦視《ていし》と絶望とを閲しているにかかわらず、『藤村詩集』から『破戒』にかけてのそれと、質的にはさして相違のないものであるところに、氏の思想的な足踏みも認められるのだけれども、とにかくそうした更生を成就しようとしたこの作は、氏にとって単なる苦悩の記念以上に、も少し意味のある作品であったと、いうこともできるわけであろう。それが、『春』とともに、明治二十年代の知識青年の苦悩を反映するものである点も、また別個のこの作の価値であるに相違なく、そういう点でも重視されねばならぬのは無論であるけれども、それと同時に、そうした意味についても、充分読みかつ考えられねばならぬのではないかと思う。

〈解説〉
原郷への旅程──『桜の実の熟する時』

高橋昌子

『桜の実の熟する時』は淡い色調の自伝的作品のようにみえるが、言葉の奥には多くのものが潜んでいる。こうした作風は、

例えば深山に炭焼の煙の立ちのぼるのを眺めるにしても、そこに生死する人があると心着く迄には、多少物を観る稽古が要る。（「写生」『新片町より』一九〇九年所収）

というような藤村の表現意識と関連していると思われる。可視的な事物や場面を「写生」で示し、そこから大きな時空や命の営みが想像できるような表現を藤村はめざした。これは至難の業ともいえるが、言葉の奥の世界を紡ぎ出すのは読者なのかもしれない。こうした表現方法に留意しつつ、本稿では三つの異なった角度からこの作品を読んでみる。

「桜の実」にこめられたもの

この作品はタイトルの脇に次のようなエピグラフを掲げている。

思わず彼は拾い上げた桜の実を嗅《か》いでみて、おとぎ話の情調を味わった。それを若い日の幸福のしるしというふうに想像してみた。

ここには、何か作品の重要なことが凝縮しているはずだ。この「桜の実」という言葉の奥から、いま二つのことを探り出しておこう。

この文は第八章、卒業を迎えて、在学四年間の自己を見つめる捨吉の様子が、校門近くの「桜の若木」とともに語られる場面に見える。

心の推移と樹木の生長が並行し、「かわいらしい実」を拾い上げて「嗅いで」みるところで二つの生命は一体化する。手にした「実」から彼は郷里の幼い日をふと思い、それをはずみに「おとぎ話」という心的世界に移る。捨吉の心は現実世界から離れ、魂の原郷に赴いている。「桜の実」という植物、つまり人間世界の外側にある本来的生命のようなものに自己を投影することで心が開かれ、囚われない価値尺度を手に入れることで「幸福」を予感できる、ということであろうか。

この作品はタイトルにも、本文のあちこちにも、たくさんの植物を書いている。冒頭で、捨吉が歩く坂道の脇には手入れもされない「桑の木」や「生《お》い茂《しげ》った新しい草」があり、葉陰の暗い「梅の木」もある。彼は「こういう場所をさまようのが好き」だ。第十一章でも「麹町の学校」への通勤路に「楽しい松の樹陰《こかげ》」があり、「若葉の世界をやがて自分の心の景色としてながめ」ることを夢見ながら捨吉は歩いてゆく。

田辺家にいる時も捨吉は心が塞がると庭に出て植物を相手にする。「青桐」の「濃い葉蔭」、「長春」(コウシンバラ)の「あかい色の花」、「葉蘭《はらん》」、「楓《かえで》」、「楠《くす》の若木」、「乙女《おとめ》椿《つばき》」、これらのすべてに打ち水をして捨吉は清涼感に浸り、第八章でも庭の草むしりをしながら「楓の葉」をゆらす風を感じつつ、ある「決心」をする。*1

捨吉は心の深いところで植物と会話をする。そして、この植物たちの背後で、生命の根源である光や水(御殿山の夕日、隅田川の水、全身に降りかかる春の雪など)が捨吉に力を与えているかのようである。このように自然を内面化することは清浄無垢になろうとすることとは少し違い、生命の複雑さを根本に立ち返って見つめようとすることだと思われる。「桜の実」は、捨吉の心を広げ活かす植物たちの代表だといえよう。

『桜の実の熟する時』はしかし、自然生命についての思いの内実を詳しくは書かず、さながら植物図鑑のように、いくつかの植物のたたずまいを並べ書き、それに触れる捨吉の姿を書くにとどめている。可視的なものを示して、その奥を想像に委ねている。

藤村の作品にはいつも植物があふれている。最初の詩集『若菜集』(一八九七年)のタイトルも植物であり、その中の「初恋」は「林檎」の樹とともに詠われた。以後の詩や小説に書かれた植物は枚挙に暇がないほどである。その植物たちはどこから来るのか。木曽の山村に育った藤村の原体験からか、日本の古典文学中の自然への共感からか、神や道徳からの解放を求めた彼の世界観からか、近代の目で万物を観察しようとしたリアリズムの方法からか、さまざまな角度からの考察が可能だが、少し視野を広げ、人間社会に縛られない自由や力を植物に見出したルソーやゲーテと比べながら、文明と自然という普遍的命題に展開して考えたいことでもある。

一方、タイトルの「桜の実」は「熟する時」と続けられて〈時間〉の象徴ともなっている。エピグラフを含む第八章の場面で、「桜の実」を手にした瞬間、捨吉の時間意識は急に遥かなものになる。郷里の幼時を思い起こし、また、将来の「遠くて近いような翹《ぎょう》望《ぼう》」に思いをはせるのである。在学四年来の自分が「はかなく味けなく」思えて否定的になっている彼が、長い時間経過のなかに自分を置くと、今は不完全でもきっといつか成熟を全うできるはず、と未来を望み見るようになれる。その可能性を体現している見本が「桜の実」の熟した姿である。

第七章のはじめ、田辺家のまわりにいる若者たちの「隠れた「成長」」という記述は、初出本文では「隠れた桜実《さくらんぼ》の生《な》って居ること」となっていて（注解七（1）参照）、「桜の実」が「成長」を含意していることが窺われる。

生命は時間のなかで成長し得るもの、と見る意想がこの作品には流れている。眼前の現実を切り取って人間を見るのではなく、長い時間を歩む動体と見る人間観といえようか。作品の最末尾、「まだ自分は踏み出したばかりだ」と旅に上ろうとする捨吉の姿もその人間観を担っており、それは執筆時の作者自身の現在認識とも重なっていよう。[*2]〈旅の途上〉だと思えば挫折も失敗も次への糧だと考えられる。のちの作品『をさなものがたり』（一九二四年）で藤村は、

みんなつまずいたり、しくじったりするのです。そこから物を学ぶのです。御覧なさい。二度とこの世を歩いて通る旅人はありませんよ。誰でも初めての旅ですよ。

という言葉を、ある「お爺さん」の「助言」として書いている。この人生観が『桜の実の熟する時』にも流れているといえるが、もう一歩踏み込むと、『をさなものがたり』でこれを、語り手自身の言葉としてではなく、「お爺さん」からの希望のささやきのように書いていることが注目される。〈旅の途上〉という人生観は、語り手の外側にいる助言者から授けられた励ましなのである。この人生観と語り手の間には距離がある。それは、語り手がこの人生観を自分の発言とするのにためらいがある、ということでもあろ

う。この距離やためらいが『桜の実の熟する時』エピグラフの「想像」という語の中に忍び込んでいるように思われる。

人生はいつも〈旅の途上〉だから、「つまずいたり、しくじったり」しながら「成長」してゆくもの、というのは優しい肯定的な人生観のように思えるが、実は罪をも肯定するものだともいえる。あとで触れるが、『桜の実の熟する時』は罪の肯定という要素を持っており、それをも含めて歩み進むことで未来を創造できる、という意味が、作品の「成長」思想にはこもっている。失敗や罪を容認するようなうしろめたさまでも包容してくれる「成長」思想を、この作品は願い求めている。罪を咎めるような倫理や理性とこの願望的思想との間には〈距離〉がある。これは『をさなものがたり』で、失敗を気に病む語り手と、「そんなに心配することは要りませんよ」と言ってくれる「お爺さん」との〈距離〉に似ている。

「桜の実」に託された「成長」は現実的思想というにはためらわれるような願望であり、現実から離れた「おとぎ話」の中で「想像」して得られる「幸福」の夢想なのである。そのようにしてしか未来を「翹望」できない儚さも、ここには漂っている。

この作品の「成長」や「旅」という人生観には、失敗をしながら生き続ける矛盾への苦さが含まれているが、そうした全体を直接には語らず、桜の「かわいらしい実」に封じ込んで柔らかな色調に変換し、「想像」の領域を心の拠り所にして未来を切り開こうとした。これが『桜の実の熟する時』の基調だと思われる。

このように表現された「成長」思想は、作品が書かれた大正デモクラシー期の自我肯定的、生命主義的な思想動向と通ずるところがあり、また、それへの〈距離〉感も含んでいる、と時代思潮との関連において考え得ることも意に留めておきたい。

モデル小説の可能性

この作品のほとんどの登場人物は、実在人物をモデルとしている。作中の地名や書物名もほぼ実在するものである。読者は、作品から実在のモデルに踏み込んで詮索したくなるが、それをしてみると意外なことに出会ったりもする。

第三章の夏期学校の場面、会場の廊下で休憩する捨吉たちの前を何人かの講師が通り過ぎる。次々と博士や牧師の姿を紹介するような可視的表現がここにも見えるが、彼らのほとんどについても実在のモデルを特定できる。この表現方法とモデルを関連させつつ少し考えてみたい。

この夏期学校も実際に明治学院で開催された第二回夏期学校（明治二三（一八九〇）年）にあたる。実際の夏期学校の講演記録等を参照すると[*3]、作中に登場している何人かの博士たちの名が第二回の記録には書かれていない。例えば、元良《もとら》勇次郎《ゆうじろう》(作中の「M」)は第二回ではなく第三回と第六回(明治二四、二七年)の講師一覧に名が見える。フルベッキ(作中の「白髪の神学博士」)や本多《ほんだ》庸一《よういつ》(作中の「学院の院長」)は第二回ではなく第四回(明治二五年)に講師や校長を務めた。また徳富蘇峰《とくとみそほう》(作中の「平民主義者」)の名はいずれの講演記録にも見えない。藤村は「吾が生涯の冬」(一九〇七年)で、「其の頃の文学会(学校で開いた)で、徳富猪一郎さんが『インスピレイション』の演説をした事があり、又、大西祝《おおにしはじめ》氏から、『悲哀の快感』と云うのを聴いた事もある」と語っており、徳富の講演は夏期学校においてではなかった可能性がある。

作者は過去の事実をそのまま作中に再現したわけではないようだ。第二回夏期学校というモデルを原型にしつつも、重要だと思われる思想家をここに加えたのではないか。ある種の価値意識を投じて思想家を人選して登場させ、明治二〇年代の精神を再構成しているように思われる。しかし、その価値意識や彼らの思想内容を語らないのがこの作品の特徴であり、ただ人物紹介的な場面描写にとどめている。それゆえ、どこに注目するかは読者に任されて多様な思索ができるようになっている。一方、モデルに踏み込んで探索すると、作品の表層には見えない作者の意向や作為に出会い、その角度からの読解も可能になる。その意味で、元良勇次郎や徳富蘇峰についての藤村の関心の強さや特質をさらに掘り下げる読解の方向もあろう。

また、夏期学校の場面には「一致教会」「組合教会」などと多くの教会名が書かれている。この列記は明治期キリスト教の活力を物語るようにも見えるが、捨吉はそれに少し曇りも感じている。これら実在の教会史に分け入ってみると、明治二〇年代は帝国憲法の公布など国家主義の強化によってキリスト教会が追いつめられ、林立した教会の苦難や不協和が強まる時期だったことが知られる。書き並べられた教派名の背後の陰影も含めて読むと、近代国家の屈折の中に捨吉の精神形成を捉える視座も得られよう。

同様のことが、作中に名前だけが示される多くの作家や作品についても言える。バイロンもゲーテも『あひゞき』もその他の文物も、短い言葉で語られるだけだが、それぞれのモデルが多くの事績を保有しているゆえに、読者はその豊かさをも含み込んで作品世界を受け取るであろう。記述の簡明さの奥に、はかり知れないような精神の輝きと苦闘の歴史が隠されている。モデルの誰彼についてあまりよく知らない読者も、そこに踏み込んで探索すると精神の豊饒な歴史に出会える。そのように読み進むと、この作品は藤村の自伝的小説というだけでなく、歴史を背負う実在物を数多く配置することで歴史的記録のようにもなっており、より広い視野での思索に道を開いているように思われる。

作品と実在物の関係について、もう一つ、文学にかかわる場面を見てみよう。

第六章の終わり近く、捨吉は田辺家の玄関にある「自分の本箱」をひとり眺めている。その本箱にしまってある本として「芭蕉《ばしょう》の一葉集《いちようしゅう》」「西行《さいぎょう》の選集抄《せんじゅうしょう》」「其角《きかく》の五元集《ごげんしゅう》」「支考《しこう》の俳諧十論《はいかいじゅうろん》」「黄山谷《こうさんこく》の詩集」が列記されている。これらも実在する文学作品である。本箱の中味を展示するような可視的な表現がここでもとられている。

これらの作品について、のちに藤村は次のように語っている。

> 私は少年時代から芭蕉が好であった。あの湖十《こじゅう》と云う人の編纂した芭蕉の古い全集などを古本で求めて来たのも、随分古いことだ。その当時の自分は同郷の先輩の家に身を寄せて居たほどの境遇ではあったが、その乏しさの中から随分苦心して古い俳書などを集めて来て読んだ。その頃に『五元集』とか、『風俗文選《ふうぞくもんぜん》』とか、『俳諧十論』とかを読んで見た私の目的は、いろいろな弟子達を通しても芭蕉を知りたいと願って居たからであって、芭蕉に関したものはどんな人の書いたものでも目を通すのを楽しみに思った。あの『奥の細道』や『笈《おい》の小文《こぶみ》』や『幻住庵《げんじゅうあん》の記《き》』なぞは少年の昔から何程愛読したか知れない。私は又、芭蕉が好きだという丈《だけ》のことには満足しないで、芭蕉の求めたものを求めようと志して行った。そんな風にして次第

に西行の『山家集』や『選集抄』を読むようになり、李白や杜甫の詩集などをも愛読するような青年になった。（「文学に志した頃」『飯倉だより』一九二二年所収）

このエッセイによれば、藤村はとにかく芭蕉が好きで、『五元集』や『俳諧十論』を読んだのも「弟子達を通しても芭蕉を知りたい」からであり、西行を読んだのも「芭蕉の求めたものを求めよう」としたからである。芭蕉を知りたいという強い目的意識のもとに系統的に読書をしたことを、ここで語っている。作品にはこの系統意識が書かれていない。本箱の中味をただ陳列するだけのような表現をどう考えたらよいのか。

右のエッセイのように思いを語ることはただの自己表白になりかねない。作者の一元的な思いを押しつけず、事物を写真のように提示して読者の眼に受け入れさせるところに、自由な解読の余地が発生するのだと思われる。この場面について読者は、「玄関の片すみ」のたたずまいから捨吉の書生的生活を感じてもよいし、母への思いの複雑さを読み取ってもよいし、彼の愛読書の全体あるいは一部について何かを思うこともできるし、「和書や漢書」は田辺家に置き、「洋書」は寄宿舎に置くという置き場所の違いから何かを考えることもできる。それら全体を一挙に感受して、空間と心のあわいを想像することもあるだろう。「芭蕉」に集中して読まなくてもよいのである。

一方、モデル詮索をすると次のようなことに出会う。注解六(2)に示したように、ここに「黄山谷の詩集」があるのは、モデル（藤村）の年譜の事実と合致しない。作者は何かの思いをこめて「黄山谷の詩集」をここに紛れ込ませているのではないか。右のエッセイで触れている『笈の小文』に、黄山谷に関する記述がある。作者の中では黄山谷もやはり芭蕉と繫がっており、そのことも含めて藤村は黄山谷に強い関心があったことが想像される。

『笈の小文』のなかで芭蕉は、「道の日記」（紀行文）がとかく古人の「糟粕」をなめることになりがちであることを戒めつつ、「黄奇蘇新のたぐひにあらずば云《いふ》事なかれ」と語っている。文学的な価値を持つ〈旅の文章〉を書くには、「中国宋代の詩人蘇東坡《そとうば》の詩の新しみと、同じく黄山谷の奇警」*4に匹敵するような表現が必要であり、それができなければ書かない方がよい、ということであろう。

これを見ると「本箱」の場面には、芭蕉への関心に黄山谷を加えて、〈旅にあって書くこと〉への問題意識が隠れている、と考えたくなる。*5『桜の実の熟する時』は扉裏（本書六頁）で、この作品が旅の地でも書き継がれたことを語っている。定住の思想からは見えない斬新な世界観を表現する〈旅の文章〉への関心が、この場面に伏在していると推測される。

作中の捨吉の旅にも〈旅にあって書くこと〉という要素が隠れている。物語最後の捨吉の旅は、モデル(藤村)においては、旅の道々、何かを書いて『文学界』に寄稿することを約束させられた旅であった。平田《ひらた》禿木《とくぼく》『禿木遺響　文学界前後』(四方木書房、一九四三年)によれば、旅に出たいという藤村に対して星野《ほしの》天知《てんち》らは「行脚風の旅でその紀行文や随想を、また暫く一個所に留まった際は、何かの作を寄せて貰う」ことを提案し、藤村も旅先からいくつかの文を『文学界』に寄稿してきた。作品では捨吉の旅について、こうした文学的側面を書いていない。捨吉はバイロンと芭蕉の「旅」に心を惹かれているが、彼らの「旅」を「死」と結びつけて捉えていて、二人の詩人の「旅」が文学創造と結合したものだったという視角は閉じられている。〈旅すること〉と〈書くこと〉が相即不離であるという認識を、作品は言葉の背後に隠しているように思われる。

　捨吉の「本箱」の場面について、このような解釈をしてみたが、

> 言い切るな、言い切るな、とは弟子に教えた芭蕉の言葉としても残って居る。すっかり自己を語ろうとするような人は話せないとまで言い放ったイブセンのような芸術家もある。
> (「芭蕉のこと」『春を待ちつゝ』一九二五年所収)

という藤村の言述や、本稿冒頭に見た「写生」観や、この場面などを併せ読むと、人生と表現との緊密な相互関係意識と、研ぎ澄まされた表現哲学について考えさせられる。

愛と神のゆくえ

捨吉の〈恋愛〉や〈信仰〉への思いはどう書かれているのだろうか。この二つには〈文学〉への思いがいつも絡んでいて、さながら三つ巴のような様相を呈してゆく。そして、恋愛も信仰も少し意外なところへ向かうように見える。それが彼の「成長」なのだろうか、少したどってみたい。

第一章の捨吉は、軽薄だった過去の「男女の交際」の記憶を「葬り去りたい」と思っているが、まだ確かな恋愛観を持ってはいない。第五章あたりでは、西鶴《さいかく》の『一代女』や芝居の舞台に漂う淫猥《いんわい》な雰囲気を嫌悪しながら、「神聖な旧約全書の中からなるべく猥褻《わいせつ》な部分を拾ってさかんに読んで」みたりする矛盾の中にいるが、そんなところから脱出したくて彼はバイロンやバーンズが表現した「もっともっと胸一ぱいになるような」世界を求める。これは恋愛と文学が結合した憧憬《しょうけい》だといえよう。

こうした思いゆえに卒業後の伊勢崎屋奉公になじめず、やはり文学関係の仕事に進もうと決心するのと連動するかのように、青木の「恋愛は人生の秘鑰《ひやく》なり」の文章に出会うのである。ここで彼ははじめて、女性や恋愛を精神に深くかかわるものとして認識し始める。青木の文章は捨吉が求めていたバイロンの世界にも通じているが、最後は女性や恋愛への否定的認識を語ってもいる。

恋愛とは人生の中で、生死を賭けて格闘するテーマだという青木の文章の認識が、勝《かつ》子《こ》に対する捨吉の向き合い方の根底を成してゆく。同時に、青木の文章の最後のように、男性自身の葛藤に振り回されて女性がスポイルされてゆく過程をも捨吉はなぞることになる。なぜそうなってしまうのか、これは近代恋愛史・女性史上の一問題として考えるべきことでもあるが、この作品は男性側の事情を痛みとともに書いている。

捨吉は「教師」が「生徒」を愛することを「苦し」く思い、退職を決意して旅に出る。死を覚悟した「発心者《ほっしんしゃ》」のように浮世を捨て、女性から離れ、煩悩を捨てる旅に赴くようにも見える。これは世間的な倫理観から見て頷ける処し方といえよう。

しかし、彼の旅立ちは少し違う意味を含んでいるように思われる。「寂しい寂しい月日」が、旅立ちを決意してから「胸に満ちる歓喜《よろこび》」(第十二章)に変わった、と捨吉は思っている。彼の旅は、より豊饒になるための心湧く行動でもある。

また、「お勝さんの方へは妹から君のことを通じさせることにしておきました」という岡見の発言を、何よりも「うれしかった」と捨吉は思う。捨吉は退職はするが、その恋心は岡見の妹を通して勝子に知らせてもらうのである。自分の思いを相手に知ってほしいと願うのは自然な感情だが、自分ゆえに先生が退職してしまったことを聞かされて、勝子はどれほど苦しむであろう。それでも彼女に思いを伝えるという進み方からは、

「発心者」とは異質な熱意が感じられる。恋を諦めて世間的倫理に沿う道を行くのではなく、恋愛をつきつめる意志を持って生きるということなのか。それが女性にとって残酷であっても、だれも罪と無縁な人生はありえないならば、行き着くところまで行って生死の闘いを見つめたい、ということか。旅の途上で「彼は恩人からも、身内のものからも、友だちからも、自分の職業からも離れて来た」というが、恋人から離れて来たとは書かれない。

「まだ若いさかりの彼の足は踏んで行く春の雪のために燃えた」という作品最末尾の文章には、旅することで新しい自分や新しい文学(この側面は伏せられているが)を創造できるだろうという「歓喜」に加えて、何かもう少し熱い「歓喜」が潜んでいるようにみえる。身体的な熱を感じさせるこの文の中には、恋愛についても新展開を夢見る捨吉の期待も潜んではいないか。人間の「成長」が、なまの生命体である「桜の実の熟する」さまに擬せられる理由の一つをここに見ることができるのではないか。

捨吉の姿に、姪との男女関係という『新生』問題を抱えていた執筆時の作者が重ねられていることは、すでに諸家によって論及されているが、女性への思いを人倫に適合するように収束するのではなく、罪の道へ進むなかで生命の深部を凝視しようとする作者の強い意欲が、捨吉の旅に託されていると読める。こうした人生選択は大方の良識に受け入れられることは難しいかもしれないが、何かを破ってしまうような情熱に突き動かされるところに創造が発動する、という独特な魂の姿を見ておきたい。この魂の半分は現世と別のところにある。

この捨吉の恋愛は、いつも信仰と絡んでいる。

作品前半、彼の心はキリスト教信仰からやや離れている。軽薄な「男女の交際」と一体になっていたかつての教会出入りを今では「後悔」し、また、「奇蹟」を信じるような信者や教会を「すべて空虚《うつろ》」のように感じている。田辺のおばあさんの実益主義とルサンチマンのような玉木さん夫婦の不協和にも嫌気がさしている。

「何ゆえに平和な神の教会にまではてしなき暗闘を賦与し、富める長老と貧しい執事とを争わすだろう」(第五章)という教会の派閥や力関係への疑問とともに、「姦淫《かんいん》するなかれ」という神の戒めの対極にあるようなバイロンの世界に魅せられる自己を発見している。教会の諸矛盾への認識が、より美しい恋愛・文学への憧憬を促すようである。

しかし彼は信仰から離れてしまうわけではない。第七章で母と別れた後、郷里や父のことをはるかに思い起こしつつ、さらに大きな時空に思いを馳せたのか、「主《しゅ》よ。この小さな僕《しもべ》を導きたまえ」と祈っている。

青木の文章と勝子を知ってから彼の信仰は変化する。自分の信仰は「詩と宗教の幼稚な心持ちの混《こん》じ合ったようなもの」とか「彼のキリストはあまりに詩的人格の幻影で」(第十一章)などと、文学的想像で信仰を考えるようになる。ここで彼は、教会から与えられた神ではなく、自分の内部に発する神のイメージを探っている。文学や自己の側から信仰を対象化し始め、信仰から離れてゆくのかとも思われるが、この後の展開がやや意外である。

第十一章中程の祈りの場面。ここでも、彼は「先入主」と違う神やキリストを実像化しようとするが、その中で突如、「おごそかなエホバの神のかわりに、自分の生徒の姿がつぶった目の前にあらわれて来た」という。この幻想はやや喜劇的でもあるが、恋愛と祈りの結合は、「姦淫するなかれ」という呪縛から生じているとともに、その呪縛をうち破ろうとする情熱と罪意識から来るのだと思われる。この祈りの少しあとに捨吉は自分の恋心を内省しつつ「香油《においあぶら》でキリストの足を洗ったという新約全書の中の婦人」を思い起こしている。この「婦人」についての『聖書』の言葉も、愛と罪と祈りの関係の重要性に触れるものである。「この女は多く愛したから、その多くの罪はゆるされているのである」というキリストの言葉を彼は心の拠り所にしてゆくのであろう。

第四章に見える「ゆふぐれしづかに　いのりせんとて」の讃美歌をもとに、藤村が

「逃げ水」(『若菜集』所収)という替え歌を作ったことが思い起こされる。この「逃げ水」は、「こひこそつみなれ　つみこそこひ」「いのりもつとめも　このつみゆゑ」と、「こひ」と「つみ」と「いのり」との密接を詠ったあげく、「なつかしき君と　てをたづさへ　くらき冥府《よみ》までも　かけりゆかん」と恋への猛進を宣言する詩である。ここでも恋を選んで神を捨てるような意想を見せながら、「いのり」を否定していない。恋と罪と祈りについての重層的な認識が、作中の「ゆふぐれしづかに」の奥に潜んでいるとも見える。これが作品独特の恋愛観であり、それは影の次元で文学情熱と結合している。

　作品最後に置かれた祈りもこうしたことと関連しているように思われる。

> 大なる幸福に先だって大なる艱難《かんなん》と苦痛とを与えたもう主よ。われわれが今送ろうとしている一人の若い友だちの前途は、ただあなたがあってそれを知るのみでございます。

という祈りは、「激情」に富んだ岡見の「熱い別離《わかれ》の祈り」だったという。捨吉と同様に「愛のたましい」を胸に秘めた岡見の祈りにある「大なる艱難と苦痛」は、ただ一般的な修行の旅の困難を意味しているのみではないように思われる。捨吉の恋愛情熱を後押ししようとしている岡見は、その無謀な情熱がもたらす「艱難と苦痛」をも予想してこの言葉を発しているのではないか。

　また、ここに抜き書きされた祈りの言葉は、「主」の計らいや加護を求めるというより、ただ「知る」ものとして「主」を定義するような言葉である。これは第七章で、「主」に「導き」を求めていた捨吉の祈りの言葉とは少し違う。「主」は人が依拠するものではなく、人生は全知の「主」の目を意識しつつ自分自身が切り開いてゆくもの、という人間主体的な神認識をここに見ることができるのではないか。これは、文学的想像で神のイメージを模索する捨吉の向かい方と通じる神定義とも言える。

　捨吉もこの祈りを聴きながら「主」のまえに頭を垂れて、愛と罪の両方をまるごと身に負うような生き方を神の前にさし出し、大きな神意に照らそうとしているように見える。愛することは相手を損なうことだと知りつつ、情熱と罪へ突き進もうとするのは、人生を自分のものとして燃焼させたいという意志をもつことであろう。その意志が既成の神概念を追いやり、人倫を遥かに超えた所から魂の格闘をただ見ているだけのような、独特な神を作った、と私には読める。これはやがて『夜明け前』に書かれる「大きな自然《おのずから》」とどこかで繋がってゆくもののように思われる。

『桜の実の熟する時』は生命の理不尽や暴力性を認めつつ、その全体を照らす大きな眼差しを仰ぎ見ている。空間の表現には自然の生命が息づき、時間の表現には祈りが潜んでいる。その全体が、多様な読み解きを可能にする芸術として仕上げられている。

＊1　関谷由美子「桜の実の熟する時」(『漱石・藤村〈主人公〉の影』愛育社、一九九八年所収)は「換喩」という視点でこの作品の樹木について論じている。
＊2　下山嬢子「『桜の実の熟する時』における〈異(他)界〉」(『近代の作家 島崎藤村』明治書院、二〇〇八年所収)は、捨吉の時間と執筆時作者の時間の複綜について論じている。
＊3　木村駿吉編『精神的基督教』(内田芳兵衛、一八九〇年、第二回夏期学校の記録)、田川大吉郎編『函嶺講話』(警醒社、一八九二年、第四回夏期学校の記録)、井深梶之助とその時代刊行委員会編『井深梶之助とその時代　第二巻』(明治学院、一九七〇年、「基督教夏期学校三十年一覧表」を収載)
＊4　杉浦正一郎・宮本三郎・荻野清校注『日本古典文学大系46　芭蕉文集』(岩波書店、一九五九年)
＊5　中島国彦「『桜の実の熟する時』の構造」(『島崎藤村全集別巻』筑摩書房、一九八三年所収)は、この作品中に、作者にとっての〈書くこと〉の意味が構造化されていることを論じている。

〔編集付記〕

一、本書の底本には、『桜の実の熟する時』(岩波文庫、一九六九年)を用いた。なお、初出と初刊本は、次の通りである。

初　出　「桜の実」『文章世界』(一九一三年一月〜二月、以後中断)、改題「桜の実の熟する時」『文章世界』(一九一四年五月〜一九一八年六月)

初刊本　『桜の実の熟する時』(春陽堂、一九一九年一月)

二、本文中、今日の人権意識に照らして不適切と思われる記述があるが、作品の歴史性に鑑み、そのままとした。

桜《さくら》の実《み》の熟《じゅく》する時《とき》

1929年6月5日　第1刷発行
2018年2月16日　改版第1刷発行

作　者　島崎藤村《しまざきとうそん》

発行者　岡本　厚

発行所　株式会社 岩波書店
〒101-8002 東京都千代田区一ツ橋2-5-5
案内 03-5210-4000　営業部 03-5210-4111
文庫編集部 03-5210-4051
http://www.iwanami.co.jp/

印刷 製本・法令印刷　カバー・精興社

ISBN 978-4-00-360033-7　　Printed in Japan

読書子に寄す

――岩波文庫発刊に際して――

岩波茂雄

真理は万人によって求められることを自ら欲し、芸術は万人によって愛されることを自ら望む。かつては民を愚昧ならしめるために学芸が最も狭き堂宇に閉鎖されたことがあった。今や知識と美とを特権階級の独占より奪い返すことはつねに進取的なる民衆の切実なる要求である。岩波文庫はこの要求に応じそれに励まされて生まれた。それは生命ある不朽の書を少数者の書斎と研究室とより解放して街頭にくまなく立たしめ民衆に伍せしめるであろう。近時大量生産予約出版の流行を見る。その広告宣伝の狂態はしばらくおくも、後代にのこすと誇称する全集がその編集に万全の用意をなしたるか。千古の典籍の翻訳企図に敬虔の態度を欠かざりしか。さらに分売を許さず読者を繋縛して数十冊を強うるがごとき、はたしてその揚言する学芸解放のゆえんなりや。吾人は天下の名士の声に和してこれを推挙するに躊躇するものである。このときにあたって、岩波書店は自己の責務のいよいよ重大なるを思い、従来の方針の徹底を期するため、すでに十数年以前より志して来た計画を慎重審議この際断然実行することにした。吾人は範をかのレクラム文庫にとり、古今東西にわたって文芸・哲学・社会科学・自然科学等種類のいかんを問わず、いやしくも万人の必読すべき真に古典的価値ある書をきわめて簡易なる形式において逐次刊行し、あらゆる人間に須要なる生活向上の資料、生活批判の原理を提供せんと欲する。この文庫は予約出版の方法を排したるがゆえに、読者は自己の欲する時に自己の欲する書物を各個に自由に選択することができる。携帯に便にして価格の低きを最主とするがゆえに、外観を顧みざるも内容に至っては厳選最も力を尽くし、従来の岩波出版物の特色をますます発揮せしめようとする。この計画たるや世間の一時の投機的なるものと異なり、永遠の事業として吾人は微力を傾倒し、あらゆる犠牲を忍んで今後永久に継続発展せしめ、もって文庫の使命を遺憾なく果たさしめることを期する。芸術を愛し知識を求むる士の自ら進んでこの挙に参加し、希望と忠言とを寄せられることは吾人の熱望するところである。その性質上経済的には最も困難多きこの事業にあえて当たらんとする吾人の志を諒として、その達成のため世の読書子とのうるわしき共同を期待する。

昭和二年七月